D1103432

≋❤ *Sweet Dreams*

SUSAN BLAKE

Vents contraires

Traduit de l'américain par
Katryn Brooks

Sweet Dreams

HAUTE TENSION

*L'édition originale de ce roman
publiée chez Bantam Books, Inc., New York,
a paru sous le titre :*

SUMMER BREEZES

*Collection SWEET DREAMS
marque déposée (TM) de Bantam Books Inc.,*
© *Susan Blake, and Cloverdale Press, 1984.*
© *Hachette, 1987.*
79, boulevard Saint-Germain, 75006 Paris.

*U*ne masse de nuages orageux assombrit le disque de feu qui descendait à l'ouest en projetant des rayons embrasés sur la jetée où Lisa Woods et Carole Tyler s'assuraient de la solidité de l'amarrage du dernier voilier. Puis Lisa se dirigea vers l'aire où était entreposé le matériel des « Têtards ». Un orage se préparait, et il n'était pas question que le nouveau moniteur, qui arrivait samedi, trouve le sol jonché d'un tas d'objets mal accrochés ou pas rangés. Elle balaya d'un revers de la main une mèche de cheveux blonds humides qui tombait sur ses yeux. Tout semblait en ordre : les embarcations légères des

« Têtards » avaient été méthodiquement superposées trois par trois sur les étagères peintes en rouge, et les voiles soigneusement pliées puis déposées dans les coffres en bois, ainsi que les mâts et les gouvernails.

« Terminé ! s'exclama Lisa.

— Les enfants ont fait du bon travail, remarqua Carole d'un air satisfait, ils progressent à vue d'œil. » Elle se tut un moment et enroula pensivement un cordage. « C'est notre dernier jour de collaboration », ajouta-t-elle.

Lisa fourra son matériel dans son grand sac de toile rouge. *« Pourquoi les meilleures choses ont-elles toujours une fin ? »* songea-t-elle avec tristesse. Elle ne secondait Carole que depuis deux mois, mais déjà elle s'était attachée aux quinze enfants de l'équipe, et bientôt ce serait fini. Carole partirait vivre à Houston où elle avait trouvé un meilleur emploi, le président du club nommerait le nouveau moniteur et Lisa pourrait enfin consacrer tout son temps à naviguer avec les « Dauphins », l'équipe senior du Yacht Club, et participer à toutes les courses et séances d'entraînement. Elle se rembrunit. Il lui faudrait aussi aider sa mère qui possédait une entreprise de restauration... ce n'était pas une perspective très réjouissante. Tout en admirant le courage avec lequel

6

Mme Woods avait pris la situation en main après son divorce, Lisa avait parfois honte du métier de sa mère. Car, au bout du compte, celle-ci passait ses journées à faire la cuisine pour les autres... C'était un peu gênant vis-à-vis de ses amis du club, bien qu'ils n'y aient jamais fait allusion et que son petit ami, Jeff Freeman, semblât même prendre plaisir à écouter les anecdotes savoureuses qu'elle racontait à propos de ses clients.

« Tu sais, Lisa, déclara soudain Carole, tu es un excellent professeur de voile ! D'abord tu es parfaitement au courant de toutes les techniques, tu sais préparer les parcours, prévoir les changements de vent, mais tu possèdes en plus le don merveilleux de communiquer tes connaissances à des jeunes enfants sans les embrouiller, et ça peu de professeurs y parviennent ! »

Lisa fondit de plaisir devant tant de compliments, mais aussitôt elle frissonna au souvenir de la froide réalité : c'était quand même son dernier jour, le dernier jour d'une expérience fascinante. Dépitée, elle s'assit sur la coque d'un canot retourné, en remontant ses genoux sous son menton.

« Tu vas me manquer, dit-elle d'un air maussade, la gorge nouée par la tristesse, ces deux mois ont été les plus enrichissants de ma vie. Tu vois, avant j'adorais faire de la voile égoïstement, mais avec toi, j'ai appris qu'il était beaucoup plus amusant de faire partager ce plaisir à d'autres, surtout à des gosses, de leur inculquer cette passion, de les voir s'en donner à cœur joie.

— Je ressens exactement la même chose, mais la plupart des gens ne me comprennent pas.

— Ah ça, c'est vrai ! » reconnut Lisa en pensant aux « Dauphins » qui ne rêvaient que de régates, de surprises-parties et de pique-niques. Pourtant c'est bien ce côté insouciant et joyeux qui l'avait séduite au début, quand elle était arrivée au Texas où sa mère avait décidé de s'installer après son divorce. Son désir le plus cher avait été de s'intégrer à ce groupe de jeunes gens bien dans leur peau, de faire partie de cette élite heureuse. Et depuis qu'elle sortait avec Jeff, leur premier chef de bord, elle était même devenue un des pivots du clan... cela faisait près de six mois déjà. Mais à présent les choses avaient changé. Elle adorait toujours autant s'amuser avec ses amis, mais elle se rendait compte qu'elle ne pourrait plus se passer des enfants. Lisa avala sa salive, comme si elle avait un goût amer dans la bouche, et esquissa un faible sourire.

« Connais-tu le nom du nouvel entraîneur ? demanda-t-elle.

— Alors là, pas la moindre idée ! » répondit Carole. Elle lança le cordage dans un des coffres peints en bleu et jeta un coup d'œil à sa montre. « Oh ! sept heures passées, il faut absolument que je voie le président du club avant la réunion du comité. Et toi, tu vas rater ton barbecue. Jeff doit être dans tous ses états ! »

Lisa leva les yeux vers le pavillon du club, situé en face au sommet de la colline. Des volutes de fumée s'élevaient paresseusement du patio ; le barbecue était déjà commencé.

« Oh, mince ! Jeff va me tuer !

— Allez ma vieille, dépêche-toi, file ! plaisanta Carole en lui donnant une bourrade amicale. Je m'occupe du reste. »

Lisa se jeta au cou de Carole.

« Oh ! Toi et les "Têtards" vous allez tellement me manquer ! » s'écria-t-elle les larmes aux yeux ; puis elle prit son sac rouge en bandoulière et grimpa quatre à quatre les marches de l'escalier raide qui menait au pavillon. Arrivée au sommet elle s'arrêta un moment pour contempler le panorama saisissant de beauté qui s'étendait à ses pieds. De vastes collines verdoyantes et d'abruptes falaises crayeuses se jetaient dans le cristal du lac. Une vue dont Lisa ne se lassait jamais, celle d'un pays que depuis un an elle avait appris à aimer. Elle commençait aussi à apprécier les Texans, avec leur nonchalance et leur mode de vie au ralenti, diamétralement opposés à la frénésie et à l'existence trépidante auxquelles elle avait été habituée dans sa banlieue de Detroit jusqu'au divorce de ses parents. D'ailleurs, quand sa mère lui avait annoncé son intention de s'installer au Texas, Lisa s'était imaginée avec une certaine angoisse vivant dans un désert parsemé de cactus et peuplé de cow-boys. En effet, à l'ouest s'étendaient des milliers de kilomètres de sable et de poussière, mais autour de Cedar Spring la nature offrait à perte de vue une végétation luxuriante abreuvée par une multitude de ruisseaux dont les eaux vives sinuaient à travers les bois parfumés de cèdres bruns. Du haut de l'escalier Lisa dominait aussi la petite crique où des dizaines de bateaux étaient soigneusement amarrés les uns à côté des autres. Près de l'embouchure de la baie elle voyait le petit bassin des « Têtards », les étagères rouges avec les canots proprement empilés, et, de l'autre côté, le bassin des « Dauphins » avec leurs cinq « Fireballs » blancs. Elle pouvait tout juste entrevoir le mât argenté et la coque blanche de *Windhover*, le voilier de Mindy Harris, sa coéquipière, sur lequel elles participaient à toutes les compétitions. Lisa fut soudain envahie par une vague de fierté : « *Nous gagnerons la Coupe du lac Cedar à la fin de l'été* », pensa-t-elle. Cependant, depuis quelque temps, Lisa prenait goût aux excursions en solitaire. Il n'y avait rien de plus exaltant que de partir à l'aventure, en essayant de conserver le même cap. Les chevilles bien assurées dans les sangles, les doigts légers et agiles sur la barre, elle avait le contrôle absolu de son bateau. Elle adorait sentir le voilier basculer sous le poids de son corps, dans un défi qui remettait chaque fois en jeu sa force, son endurance, ses connaissances, et dont elle ressortait toujours gagnante. Lisa soupira. Pourquoi n'avait-elle pas la même emprise sur la vie en général ? Elle avait l'impression d'errer, sans parvenir à se donner une ligne de conduite précise.

« Hé, Lisa, viens vite ! »

Mindy, près du gril, brandit une fourchette sur laquelle était piquée une saucisse.

« Nous en sommes déjà à notre deuxième assiette ! s'exclama Gary. Et Jeff est sur le point d'engloutir ta part. Dépêche-toi ! »

Lisa huma la délicieuse odeur du barbecue et, abandonnant sa contemplation du

lac et ses pensées moroses, elle courut rejoindre ses amis.

« Hé, attendez-moi ! s'écria-t-elle. Je
meurs de faim ! »

2

« *A* lors madame la tortue, on lambine ? »

Jeff, assis à une table en compagnie de Mark et Louise Stern, balançait son assiette en plastique vide sur une canette de Coca-Cola. Il semblait exaspéré par le retard de sa petite amie, dont l'arrivée fut accueillie avec curiosité et froideur malgré quelques « Bonjour » polis.

Mais même quand il était furieux contre elle, Jeff restait aux yeux de Lisa le plus beau garçon qu'elle ait jamais rencontré : un mètre quatre-vingts, bronzé, avec un nez droit dont le bout pelait en permanence et des cheveux blonds aux reflets dorés par le soleil, il était irrésistible. Jeff, le garçon le plus couru de tout le lycée de Cedar Spring, lui avait demandé de sortir avec lui, pour la première fois en décembre dernier, quand elle avait gagné avec Mindy les championnats de « Frostbite ». Depuis, leur liaison s'était consolidée de jour en jour grâce en partie à leur passion mutuelle pour la voile. Tous leurs projets, leurs conversations avaient trait à cette activité, et quand ils sortaient c'était immanquablement accompagnés de toute l'équipe des « Dauphins », ce qui agaçait parfois Lisa qui rêvait d'avoir Jeff à elle toute seule. Enfin, il ne fallait pas trop en demander, elle avait la chance d'appartenir à une élite de jeunes et d'avoir le petit ami le plus séduisant de Cedar Spring... Trop séduisant sans doute, pensait-elle souvent avec une certaine appréhension. Il fréquentait des filles beaucoup plus jolies et raffinées qu'elle, et un jour ou l'autre il finirait par se lasser d'une petite amie aussi... quelconque. Oui, c'était bien le mot qui la caractérisait : elle avait des cheveux blonds... quelconques, pas du tout le blond cendré de Mindy mais un blond foncé un peu décoloré par le soleil, et coupés au carré parce que c'était plus pratique ; des yeux gris... quelconques, frangés de lourds cils bruns et un visage tout à fait quelconque à

14

part les quelques taches de rousseur qui parsemaient son petit nez retroussé. Non, rien ne la distinguait des autres si ce n'était son petit ami et son appartenance à l'équipe du Yacht Club des « Dauphins ». Là non plus Lisa ne se leurrait pas, c'étaient des privilèges superficiels qui lui donnaient l'impression d'avoir revêtu un costume de princesse pour un soir. Tôt ou tard on découvrirait la supercherie, on se rendrait compte que la vraie Lisa n'était qu'une personne très, très ordinaire.

A ces préoccupations s'ajoutait le récent changement d'attitude des « Dauphins » à son égard. Elle sentait qu'ils lui en voulaient de consacrer la moitié de son temps aux « Têtards ». D'un côté, Lisa ne pouvait les blâmer : ses nouvelles responsabilités l'avaient amenée à refuser de participer à deux régates et à manquer d'innombrables séances d'entraînement. Mais de l'autre, elle ne pouvait accepter une telle animosité de leur part, car ils étaient quand même ses meilleurs... ses seuls amis.

Pire encore était le changement qui s'était opéré en Jeff ces deux derniers mois. Ils se voyaient moins, et chaque fois Jeff se montrait plus distant. Devinant la cause de son ressentiment elle n'osait pas lui parler de ses activités avec les enfants de peur de l'agacer, et leur relation perdait sa spontanéité, leurs conversations devenaient de plus en plus empruntées, tendues. Cette soirée s'annonçait plus mauvaise encore !

Jeff décroisa ses longues jambes bronzées et se retourna vers Lisa. Il portait une chemise sport à manches courtes et un short de marin, d'une blancheur éclatante. Lisa se sentit soudain crasseuse dans son vieux T-shirt rouge délavé et son short taillé dans un jean tout râpé. Elle regretta de ne pas s'être accordé quelques minutes pour se peigner et se maquiller.

« Encore un peu et Mindy servait tes hot dogs aux poissons, lança-t-il d'une voix qui trahissait son agacement. On croyait que tu avais décidé de passer la soirée avec les juniors... ou que tu nous avais simplement oubliés !

— Bien sûr que non ! protesta Lisa, Carole et moi leur avons fait faire des manœuvres de chavirement cet après-midi, et cela nous a pris un temps fou... »

Elle se laissa tomber sur l'herbe et s'agenouilla pour farfouiller dans son sac à la recherche de son peigne. L'impatience égoïste de Jeff la décevait, mais elle s'en voulait cependant d'être arrivée si tard.

Mindy lui tendit une assiette remplie de haricots blancs à la sauce piquante et d'une

16

montagne de salade de pommes de terre avec deux hot dogs.

« En retard ou non tu es la bienvenue », déclara-t-elle.

Mindy portait elle aussi un short blanc impeccable, assorti à un bain de soleil rouge et blanc et à une énorme barrette dans ses cheveux soigneusement peignés.

« J'ai veillé sur ta part comme un ange gardien, ce qui n'est pas peu dire avec des goinfres comme eux », plaisanta-t-elle en désignant les garçons ; puis elle ajouta avec un large sourire : « De toute façon aujourd'hui on fête ton dernier jour chez les "Têtards". C'est bien ça non ? Maintenant on va pouvoir s'entraîner sérieusement ! »

Mark se joignit à elles. Il apportait une glacière remplie de boissons fraîches qu'il laissa tomber bruyamment.

« Voilà une bonne idée ! » plaisanta-t-il, mais le côté cinglant de sa remarque frappa Lisa comme une gifle. « Vous êtes nos meilleurs atouts toutes les deux, poursuivit-il. Nous avons besoin de tous vos points pour gagner les tournois de l'été...

— Sans oublier que nous avons douze points de moins que l'an dernier, intervint Louise, et tout cela parce que mademoiselle n'a pas daigné participer aux deux dernières régates ! »

Interloquée, Lisa leva les yeux vers Louise. Elle essaya de trouver une réplique spirituelle et piquante, mais en vain. Son esprit était vide. Un interminable silence s'ensuivit au bout duquel Mindy lança enfin avec la touche d'humour nécessaire :

« Lisa et moi apprécions la confiance que vous nous portez, en croyant que nous pouvons à nous deux vous sauver des eaux... » Elle se tourna vers Jeff. « A présent que l'équipe est au complet, nous allons pouvoir nous entraîner à fond, n'est-ce pas, Jeff ? »

Ce dernier enfourcha nonchalamment le banc, comme un cheval :

« Mindy a raison, déclara-t-il d'une voix ferme en jetant un coup d'œil en direction de Lisa, ce n'est pas très gentil de sauter sur Lisa comme sur une criminelle parce qu'elle a donné quelques heures de cours aux petits "Têtards"... »

Lisa sourcilla, elle n'aimait pas beaucoup le ton condescendant de Jeff à l'égard des juniors. Mindy étouffa un petit gloussement et il poursuivit d'un air satisfait.

« Nous savons tous qu'elle ne l'a fait qu'à la demande du président du club et pour une période limitée, en attendant l'arrivée du prochain moniteur. Maintenant, elle est revenue parmi nous... » Il se pencha vers Lisa, et plongea ses yeux dans les siens.

« ...Et nous ne lui permettrons plus de repartir, elle nous est trop chère. Alors, laissons-la dîner sinon nous serons en retard à la réunion. »

Il étreignit brièvement la main de Lisa, puis s'écarta aussitôt.

Sans rien dire, elle prit place à table à côté de lui. Voilà, tout était bien qui finissait bien. Son travail avec les « Têtards » appartenait au passé, et les « Dauphins » avaient encore besoin d'elle, ils étaient tous ses amis... enfin presque. Jeff avait critiqué les enfants sans vraiment penser à mal. Il faisait simplement le maximum pour le groupe dont il était responsable. Lisa accepta avec un sourire amical le soda que lui tendait Mindy.

« Merci, dit-elle réconfortée.

— De rien, rétorqua Mindy d'une voix sèche. Nous n'avons plus qu'à marquer un maximum de points dans toutes les régates qui restent ; Jeff a raison, nous allons devoir en mettre un sacré coup pour gagner la Coupe du lac Cedar à la fin de l'été.

— Dis, Jeff, tu as réglé tous les détails de notre participation à la régate des "Fireballs" ? » s'enquit soudain Gary en ouvrant sa dixième canette de limonade et en la buvant d'une traite. « Le président du club va nous demander des comptes ce soir à la réunion du comité.

— Oui, tout est prêt, répondit Jeff. Louise s'occupe déjà des trophées et Joe de la publicité. »

Il enfourna un biscuit au chocolat dans sa bouche et le mâcha pensivement.

« Mais nous risquons d'avoir les mêmes problèmes que l'an dernier. Si nous ne nous débrouillons pas pour augmenter l'espace du bassin, nous serons obligés de refuser la candidature des plus petites embarcations. Quelqu'un a-t-il une idée ? » Devant le mutisme général il poursuivit : « Nous n'avons plus que cinq semaines avant la compétition, et en plus de la responsabilité des courses de petits voiliers le président va sûrement nous refiler une sacrée liste de corvées.

— Ça ne m'étonnerait pas ! renchérit en écho la voix basse et rauque de Roger, un garçon au visage rond. L'année dernière il m'a chargé du Derby de la Pastèque. J'ai dû aller acheter vingt pastèques, les entasser sur le siège arrière de la Jeep de mon père et les disposer en ordre, ça m'a pris au moins deux heures, et pourquoi ? Pour rien ! Il a plu et tout a été annulé ! »

Joe pouffa de rire.

« Et moi alors ! Avec Louise on avait gagné le gros lot : "L'aménagement au sol", autrement dit le ménage. On a dû attendre le

20

départ de tout le monde pour pouvoir nettoyer et on est resté jusqu'à minuit ! Tout ce qu'il veut, le président, c'est nous faire trimer !

— Ce n'est pas vrai ! » s'écria aussitôt Lisa.

Toute l'équipe se tut et la dévisagea. La gorge serrée, elle poursuivit :

« Je crois que le président désire simplement nous montrer toutes les tâches qu'implique l'organisation d'une régate. Il trouve sans doute que nous nous enfermons dans notre petit univers, et il veut nous élargir un peu l'esprit. »

Elle baissa les yeux sur son assiette, les joues en feu, regrettant ses paroles un peu hostiles.

Un silence pesant s'abattit. Gary se leva enfin et commença à débarrasser.

« Allez les copains, au boulot ! lança-t-il. Inutile de nous quereller inutilement. Nous arriverons en retard pour la réunion du comité, et nous serons renvoyés sans même connaître nos corvées. »

Tous obéirent et l'imitèrent.

Lisa évitait le regard de Jeff. Elle savait qu'elle avait gâché le début de la soirée. Soudain, à sa grande surprise, il s'avança vers elle et passa son bras autour de ses épaules, puis, approchant son visage du sien, lui chuchota à l'oreille :

« J'espère que tu ne prends pas nos plaisanteries trop au sérieux ! Nous t'aimons plus que tu ne le crois. »

Lisa se força à rire :

« Tu ferais mieux de dire ça à Louise et à Mark, répondit-elle sur un ton faussement enjoué. Ils n'ont pas l'air enchantés de ma présence. »

Cependant les paroles tendres de Jeff lui avaient remonté le moral ; la soirée prenait meilleure tournure. Elle se leva et débarrassa à son tour, le cœur plus léger.

3

« *H*é ! Lisa, attends ! »

Arrivée à mi-chemin entre l'aire de pique-nique et le pavillon du club, Lisa s'arrêta et se retourna, stupéfaite. Mindy grimpait à toute allure la colline en traînant Louise derrière elle.

« Lisa, Louise a quelque chose à te dire ! haleta-t-elle.

— Je... heu... je voulais simplement que tu saches que... je n'ai pas voulu te vexer... bégaya Louise. Tu comprends, on a tellement envie de gagner les championnats d'été, et comme tu as manqué pas mal de séances d'entraînement à cause des "Têtards", on pensait que... »

Lisa était interloquée. Jamais auparavant Louise ne s'était excusée pour quoi que ce soit. Sans lui donner le temps de poursuivre, Mindy intervint :

« Bon, ça va, on a compris ! s'exclama-t-elle hilare.

— Je suis un peu balourde, hein ? balbutia Louise avec un sourire timide. Enfin, sache que nous sommes contents de t'avoir à bord. »

Et sur ce, elle s'enfuit à toutes jambes vers le pavillon.

Ce qui surprenait le plus Lisa, c'était la soudaine amitié de Louise à son égard, car cette dernière n'avait jamais manifesté d'affection envers quiconque. Mindy d'ailleurs avait bien cerné sa personnalité : « Elle veut toujours battre tout le monde. Elle ne pourra jamais avoir d'amis, elle aime trop la compétition... » Et sous cet éclairage, son explosion de colère pendant le barbecue était bien compréhensible. Les « Dauphins » avaient perdu les championnats du printemps à cause des nombreuses absences de Lisa, et ça c'était impardonnable. Alors pourquoi ce revirement subit ?

« Mindy, c'est toi qui l'as forcée ? demanda Lisa à voix basse.

— Moi ? Je n'ai rien à voir dans cette histoire », protesta-t-elle. Elle racla ses tennis blanches contre la surface rugueuse d'un rocher et baissa la tête ; ses cheveux blonds masquèrent son visage. « Mais peut-être vaudrait-il mieux que tu connaisses le responsable...

— C'est-à-dire ? »

Mindy la regarda bien en face.

« Jeff. Il a dit que Louise et Mark avaient été un peu brusques avec toi et que ce n'était pas très sympa, qu'il valait mieux coopérer que se disputer. Enfin bref, il nous a bien sermonnés. »

Lisa laissa échapper un soupir de bonheur. Toutes ses craintes étaient évanouies, Jeff l'avait défendue contre ses meilleurs amis. Il l'aimait donc toujours !

« Alors c'est Jeff qui l'a forcée ! » répondit-elle en écho.

Mindy pouffa de rire.

« C'est lui notre chef, non ? Son boulot c'est de maintenir l'unité de l'équipe. » Elle s'arrêta un moment puis ajouta pensive : « De toute façon il a raison, avec de nouveaux championnats en perspective, nous n'avons pas de temps à perdre à nous quereller. Nous devons essayer de travailler ensemble ; de joindre nos efforts si nous voulons gagner. » Elle planta ses yeux dans ceux de Lisa et poursuivit sur un ton plus grave : « Tu n'es pas une exception... même si tu as joui d'un traitement de faveur parce que tu as la chance d'être la petite amie de Jeff. »

Lisa frissonna :

« Un traitement de faveur ? s'étonna-t-elle.

— Qu'est-ce que tu crois ? Si l'un de nous avait manqué autant de séances d'entraînement et de régates, il n'aurait eu qu'à prendre ses cliques et ses claques, déclara Mindy sans ménagements avec des éclairs de fureur dans les yeux. Alors, il y en a qui t'en veulent. Ils préféreraient que Jeff donne ta place à une personne qui participerait à toutes les activités. »

Ces dernières paroles glacèrent Lisa. Pour la première fois elle comprenait pourquoi l'attitude des « Dauphins » avait changé à son égard. Mais il fallait absolument leur expliquer qu'elle avait eu de bonnes raisons d'aider les « Têtards ». Elle se sentait à la fois coupable et victime d'une injustice, d'un terrible malentendu :

« Mais pas du tout, Mindy ! protesta-t-elle pitoyablement, cela ne s'est pas passé comme ça. »

Lisa prit une longue inspiration et d'une voix plus contrôlée ajouta :

« On ne m'a pas octroyé de faveurs. Jeff m'avait donné son accord pour travailler avec les "Têtards" les mercredis et samedis... »

Sa voix se perdit. C'étaient les jours généralement réservés à leur séance d'entraînement. Sans oublier les courses du dimanche qu'elle avait organisées pour les enfants en ignorant totalement les « Dauphins ». Tout était clair à présent : si elle n'avait pas été la petite amie de Jeff, les autres l'auraient jugée autrement, mais elle n'aurait peut-être pas eu la possibilité de s'absenter autant. Immobile, Lisa poursuivait ses réflexions. Tout le monde avait raison dans l'histoire. Jeff était venu lui porter un secours inespéré en essayant de réconcilier toute l'équipe. Eh bien, à son tour elle leur montrerait qu'il n'avait pas eu tort ! Elle avala sa salive avec difficulté.

« Y a-t-il un espoir de les faire changer d'avis ? »

Il y eut un lourd silence.

« Je ne sais pas, répondit enfin Mindy, Jeff croit dur comme fer que nous allons tous coopérer à nouveau. Pour moi pas de problème, mais il te faudra un énorme effort pour prouver à l'équipe ta sincérité et regagner la confiance générale. »

D'un signe de tête Lisa exprima son consentement.

« Tu as raison, Mindy. Jeff a tout fait pour m'aider, mais il ne le regrettera pas », déclara-t-elle avec une détermination soudaine.

Le comité de régate se réunissait dans la grande salle que Lisa adorait particulièrement. Son plafond bas orné de poutres apparentes et son énorme cheminée de pierre avaient quelque chose de réconfortant. Une des fenêtres s'ouvrait sur un immense balcon en cèdre qui s'étendait sur toute la largeur du pavillon, duquel on pouvait découvrir une vue spectaculaire du lac et ses environs qui, en cette chaude soirée de juin, se fondaient dans une douce pénombre. Une vingtaine de personnes partagées en petits groupes bruyants discutaient amicalement autour de l'imposante table en bois.

Jeff en grande conversation avec Gary se poussa dès qu'il aperçut Lisa pour lui faire une petite place à son côté.

« Tout va bien ? » demanda-t-il avec un grand sourire.

Il lui prit la main. Lisa sentit sa gorge palpiter. Pour elle il avait affronté l'animosité de tous et avait eu le courage d'exiger des excuses de Louise et Mark. Cela prouvait qu'il tenait à elle.

« Oui, très bien », répondit-elle d'une voix douce.

Il lui lâcha la main et se retourna vers ses amis.

Lisa observa les membres du comité avec curiosité. C'était la première fois qu'elle participait à une telle réunion, et elle s'amusa à mettre un nom sur tous les visages. Tout au bout M. Conrad lui fit un petit signe amical. Elle l'aimait bien. Un après-midi il avait fait aux « Têtards » un excellent exposé sur la sécurité en mer. Carole à son tour la salua d'un geste joyeux. Elle était assise à côté d'un inconnu qui portait un vieux chapeau de cow-boy noir, tout poussiéreux, bordé d'un galon de cuir tressé. Son épaisse chevelure brune encadrait un visage hâlé aux pommettes saillantes. Il avait des yeux foncés d'une profondeur extraordinaire. Il n'était pas beau mais dégageait une sorte de magnétisme. Était-ce à cause de sa sérénité, de sa quiétude observatrice... rien ne semblait échapper à son attention. Lisa rougit violemment quand il lui sourit. Il avait certainement remarqué qu'elle ne le quittait pas du regard. Troublée, elle lui rendit son sourire. A ce moment précis le président du club se leva et réclama le silence :

« Vous vous demandez peut-être pourquoi je vous ai tous convoqués ce soir », dit-il en exagérant un peu son accent texan. Il y eut quelques gloussements de rire dans la salle. « La régate de "Fireballs" est l'événement le plus important de l'année pour notre club, poursuivit-il, et son organisation nécessite le travail d'une véritable armée... » Plusieurs personnes approuvèrent de la tête, en connaissance de cause. « Certains d'entre nous s'y sont déjà attelés depuis deux mois. L'heure est venue de mettre le reste des membres au courant de leurs progrès, et d'assigner à chacun une tâche bien définie. Écoutons d'abord le rapport du comité chargé de la publicité. Pete, à toi ! »

Pete Conrad exposa en détail son plan d'action, ce fut ensuite au tour de Mme Wilson, préposée à l'organisation du barbecue du samedi soir, en clôture du premier jour de courses, puis celui des responsables de l'aire de camping, celui du comité des jauges qui pèserait les embarcations concurrentes et mesurerait leurs voiles pour s'assurer de leur conformité au règlement. Enfin ce fut à Jeff.

« Où en sommes-nous dans la préparation des courses de petits voiliers ? » demanda le président.

Jeff se leva. Lisa admira une fois de plus l'assurance avec laquelle il s'exprimait en public, sans jamais manifester la moindre nervosité, le moindre trouble.

« Nous comptons organiser une série de régates qui mettront en compétition les "Fireballs", les "Thistles" et les "Lasers", cinq par cinq. Nous attendons vingt voiliers par catégorie, soit soixante au total.

— Avez-vous un plan de travail ?

— Oui, mais nous risquons d'avoir un gros problème comme l'année dernière, nous allons manquer de place sur notre bassin, et nous serons sans doute obligés de refuser beaucoup de bateaux, à moins que... » Il se tourna vers Carole, un sourire enjôleur sur les lèvres : « ...les "Têtards" aillent jouer un peu plus loin pendant les deux jours de la compétition, pour nous prêter leur bassin. Qu'en penses-tu, Carole ? »

Lisa leva des yeux surpris vers Jeff. Il ne lui avait jamais fait part de ses intentions. Mais Carole approuvait de la tête, comme si elle était déjà au courant de cette suggestion.

« Pour deux jours seulement, il ne devrait y avoir aucun problème, répondit-elle, mais c'est le nouveau moniteur qui décidera en dernier ressort. »

Le cœur de Lisa s'arrêta de battre. Elle jeta un rapide coup d'œil en direction de Carole et surprit un sourire de connivence avec le président du club. Son mystérieux voisin, renversé dans son fauteuil, les mains dans les poches, observait et écoutait attentivement. Il balaya une mèche de cheveux rebelle devant ses yeux. Ses mains fortes et larges étaient calleuses... sans doute à force de travailler sur les bateaux. *« C'est sûrement LUI le nouvel entraîneur »*, pensa Lisa émue.

« Merci, Jeff, conclut le président du club. Docteur Daniels, pourrions-nous avoir le compte rendu du comité chargé d'établir le parcours des régates ? »

De comité en comité, la soirée passa très vite, mais Lisa, captivée par le nouveau moniteur, n'entendit plus rien.

« Enfin pour moi les "Têtards" c'est fini, se dit-elle. *J'ai promis de me consacrer uniquement aux "Dauphins", alors n'y pensons plus. »*

Dix minutes plus tard, le président du club distribua une circulaire qui fut accueillie par un murmure de mécontentement général.

« Pas de panique, lança-t-il sur un ton jovial, ce n'est qu'une liste de contrôle, pour s'assurer que tout le monde a bien compris ce qu'il avait à faire. Il faudra travailler dur, mais vous en êtes tout à fait capables !

— Regardez ça ! grogna Jeff en montrant la feuille du doigt. Ne vous l'avais-je pas

dit ? Corvée de nettoyage du dock et de sur-
veillance de la base. Tout le sale boulot ! »

Lisa s'apprêtait à partir en même temps
que ses compagnons quand le président l'in-
terpella :

« Lisa ! Pourriez-vous m'accorder quelques minutes, s'il vous plaît ? Je voudrais
vous voir dans mon bureau.

— A quel propos ? chuchota Jeff.

— Aucune idée », répondit Lisa. Mais elle
devinait que le président allait lui annoncer
une bien triste nouvelle : ...il allait lui révéler
le nom du nouveau moniteur des
« Têtards ». « Oh ! ça ne va pas être très
long, poursuivit-elle. Tu m'attends ?

— Bien sûr ! Mais essaie quand même
d'accélérer les choses. On a envie d'aller
manger une glace chez Maxwell avec les
copains, d'accord ? »

Il lui pinça gentiment le bras et lui jeta un
regard plein de tendresse. Les sombres pensées de Lisa se noyèrent aussitôt dans l'azur
de ses yeux.

4

*L*e bureau du président était jonché de cartes de navigation, de diagrammes et divers documents éparpillés. Un vieux compas en cuivre de marin empêchait une énorme pile de papiers de glisser à terre.

Lisa s'assit timidement sur le bord d'une chaise à côté de Carole, qui lui lançait des regards rassurants pendant que le président farfouillait dans ses papiers. Il enleva ses lunettes qu'il frotta sur sa chemise.

« Bon, ne perdons pas de temps », commença-t-il sur un ton un peu doctoral. Il rechaussa ses lunettes et regarda par-dessus ses verres. « Ce club a une proposition à vous faire, Lisa, une proposition de travail.

— De travail ?

— Oui. Comme vous le savez, les seuls enfants admis jusqu'ici chez les "Têtards" étaient ceux des anciens membres du club. Mais le conseil d'administration a décidé de donner à d'autres enfants la chance de pratiquer ce sport qui jusque-là n'était réservé qu'à une élite. Nous sommes persuadés que cette solution sera bénéfique à tout le monde. » Il fit une courte pause. « Lisa, nous vous avons choisie et j'ai reçu l'autorisation de vous offrir le poste de monitrice des "Têtards", un poste qui comprendra aussi la mise sur pied de ce nouveau programme. »

Lisa n'en revenait pas.

« Moi ? s'écria-t-elle. Vous voulez que je m'occupe de tout ça ?

— On ne pourrait pas trouver meilleure candidate, ajouta Carole avec un large sourire. Les enfants t'adorent ; je sens que tu vas te surpasser. Tu acceptes, j'espère ?

— Personne n'est mieux qualifié pour enseigner aux jeunes, renchérit le président d'une voix chaleureuse. Vous avez été recommandée par la plus haute autorité : la dernière monitrice ! » Il s'arrêta et poursuivit d'un air malicieux : « Oh ! Et bien sûr le conseil a décidé d'augmenter le salaire du nouvel entraîneur, qui sera désormais de trois cents dollars par mois. Alors, c'est d'accord ? »

Le souvenir de sa récente conversation avec Mindy fit à Lisa l'effet d'une douche glacée. Accepter, c'était renoncer aux « Dauphins »... à moins de convaincre Jeff qu'elle était capable de cumuler les deux fonctions.

Elle s'arma de tout son courage pour répondre :

« J'aurais aimé heu... dire oui, mais... j'ai d'autres obligations... Vous comprenez, il y a les "Dauphins"... »

Le président sourit.

« Oui, je sais à quel point votre équipe dépend de vous, mais je suis persuadé que vous pourrez aboutir à un compromis avec Jeff. Il comprendra votre situation et... » Il s'arrêta net devant l'expression de Lisa, puis jeta un rapide coup d'œil en direction de Carole qui secoua légèrement la tête en signe de dénégation. « Enfin, vous avez deux jours pour réfléchir. Vous me donnerez alors une réponse définitive, d'accord ? »

Lisa approuva d'un signe de tête. Des milliers de questions se pressaient dans son esprit, mais ses lèvres étaient soudées.

« Lisa ! dit doucement Carole, si tu as besoin d'aide n'hésite pas, je suis là.

— Bien sûr », souffla Lisa. Elle ne put en dire davantage.

Encore sous le choc, elle alla rejoindre ses amis, un peu comme dans un rêve. Dans la voiture, Lisa et Jeff n'échangèrent pas un mot de tout le chemin. Jeff était trop occupé à se concentrer sur les méandres de la route balayée par une pluie diluvienne qui avait commencé à tomber juste au moment où ils quittaient le pavillon et Lisa était heureuse de pouvoir se réfugier dans l'obscurité.

« Il faut le lui annoncer ce soir même, lui faire comprendre que je suis capable d'assumer une double responsabilité », se répétait-elle en se mordillant les doigts. Convaincre Jeff ne serait pas aisé, et après les récents événements il n'était pas question de le faire en présence de Mindy et Gary qui papotaient joyeusement sur la banquette arrière. Elle ferma les yeux et, les mains croisées sur ses genoux, essaya d'imaginer la réaction de Jeff. Il fallait absolument qu'il comprenne ce que cette offre représentait pour elle. Il serait furieux d'abord, mais se radoucirait certainement par la suite.

« Allez, Lisa, dépêche-toi ! » s'impatienta Jeff.

Gary et Mindy avaient jailli de la voiture comme des bombes et traversaient le parking à toute allure en direction de Maxwell, le célèbre glacier de Cedar Spring. Mais Lisa demeurait immobile sur son siège.

« Tu viens avec nous ou tu préfères rester toute seule ? » s'énerva Jeff.

Lisa descendit de voiture aussitôt, et ils se mirent à courir dans les flaques d'eau :

« Excuse-moi, balbutia-t-elle, j'avais la tête ailleurs...

— Inutile de mentir, répliqua sèchement Jeff en s'engouffrant dans l'établissement. Qu'est-ce que tu as encore combiné avec le président ? Tu n'as pas prononcé un mot depuis tout à l'heure. Que se passe-t-il ?

— Oh, rien d'extraordinaire... le train-train habituel des "Têtards" », répondit-elle évasive. Elle aperçut Gary et Mindy qui s'installaient tout au fond de la salle. « Allez, viens, Jeff ! »

Ils prirent place en face de leurs amis. Mindy dévisagea Lisa avec curiosité :

« Alors vas-tu nous révéler ce que t'a dit le président ? demanda-t-elle.

— Rien de très important, des trucs concernant les "Têtards" », bégaya-t-elle en cherchant en vain une explication plus plausible. « Il... il voulait des renseignements sur le bassin des "Têtards"...

— Ah bon ? » Jeff fronça les sourcils et jeta un regard entendu à Gary. « Alors cela nous concerne aussi. Que voulait-il donc savoir ?

— Heu... heu... simplement si le bassin était très bondé... et... où on pouvait entreposer le matériel. C'est... c'est sans doute à cause de ton problème pour la régate et...

— Avez-vous choisi ? »

La serveuse attendait en mâchouillant son stylo. Reconnaissante de cette arrivée inopinée, Lisa s'enfonça dans son fauteuil, soulagée d'échapper à la curiosité embarrassante de Jeff. La commande passée, Gary se pencha vers Jeff :

« Hé ! Tu sais, il faudra nous dépêcher pour régler tous les problèmes à temps, parce qu'il n'est pas question de faire partir les soixante concurrents de notre bassin. »

Le sourire aux lèvres, Jeff le rassura d'un geste de la main.

« Ne te fais pas de bile. Tu vois bien que j'ai soulevé la question à la première occasion. Dès que leur nouvel entraîneur sera à bord, je le tannerai pour qu'il me laisse le bassin des "Têtards" pour les régates.

— Quel avantage aurait-il donc à déménager tout son attirail ? répondit Gary. Après tout, le secrétaire leur a alloué ce bassin par mesure de sécurité : ils peuvent accéder au lac plus facilement, et ne sont dérangés par personne. » Il se pencha vers Lisa. « D'après toi, quelle sera la réaction du nouveau moniteur ? »

Sans lui donner le temps de répondre, Jeff s'interposa avec l'aplomb qui le caractérisait :

« Laisse-la tranquille, ce ne sont plus ses affaires ! C'est moi qui m'en occuperai, j'ai déjà une petite idée. De toute façon, qu'estce qui est le plus important, les jeux des "Têtards" ou la réussite de la compétition ? Je te parie que le président sera de mon côté, même si le nouvel entraîneur n'est pas d'accord. C'est une question de priorité, non ? »

Lisa appuya sa tête contre la banquette en cuir. Elle essayait en vain de se détendre, mais les paroles de Jeff revenaient sans cesse dans son esprit comme un disque rayé : « Ce ne sont plus ses affaires. » Les garçons, excités par l'approche de la régate, s'absorbèrent dans une discussion si animée que l'arrivée de superbes glaces passa presque inaperçue.

« Hé ! Vous comptez vraiment parler de voile toute la nuit ? protesta Mindy.

— Qu'est-ce que tu proposes ? plaisanta Gary en lui pinçant gentiment le bras, du ski nautique ?

— Ha ! Ha ! très drôle... Avez-vous remarqué le gars assis près de Carole à la réunion de ce soir ? » Elle se tourna vers Lisa : « Et toi ? Tu ne le trouves pas mignon ?

— Mignon... je ne sais pas, répondit-elle en repensant à la sérénité qui émanait de cet homme, disons plutôt... différent.

— Différent, c'est le mot ! » s'exclama Jeff en éclatant de rire. Il rabattit un chapeau de cow-boy imaginaire sur un œil et scruta l'assistance d'un air menaçant. « Personne ne porte de chapeau de cow-boy dans un yacht club ! Si on veut faire de la voile, on s'habille en conséquence.

— Mais il y a des tas de garçons qui portent tout le temps leur chapeau de cow-boy ! » objecta Lisa.

Mais pourquoi défendait-elle quelqu'un qu'elle ne connaissait ni d'Eve ni d'Adam ?

« En tout cas pas aussi crasseux et puants », rétorqua Jeff.

Lisa étouffa un gloussement en pensant au chapeau de Jeff, d'une blancheur immaculée avec une boucle d'argent et un galon en plumes.

« Quoi qu'il en soit, poursuivit Jeff, ce cow-boy n'avait pas la dégaine d'un marin. Que pouvait-il bien faire à la réunion ?

— C'est peut-être lui le nouveau moniteur des "Têtards" ? lança Gary.

— Bien fait pour eux ! répliqua Jeff en riant, les mômes vont faire des progrès du tonnerre avec un cow-boy pour chef de bord !

— Il sera le bienvenu sur mon voilier ! » décréta Mindy.

Elle fit une grimace à Gary et enfourna une énorme cuillerée de Chantilly dans sa bouche.

« Quoi ? Tu me remplaces par un mystérieux vagabond ? s'exclama Gary. Et ta loyauté, Mindy chérie ? »

Mindy le repoussa en riant. La conversation prit une tournure plus enjouée, et ils se mirent à parler de leurs projets pour l'été. Lisa se détendit un peu, mais elle savait qu'elle ne faisait que retarder l'affrontement avec Jeff.

5

*A*près avoir raccompagné Mindy et Gary, Jeff s'achemina vers le pavillon où habitaient Lisa et sa mère.

« Tu viens t'asseoir sur la véranda un moment ? » suggéra Lisa nerveusement tandis que la voiture s'engageait dans l'allée.

La lanterne extérieure était allumée, et l'intérieur de la villa était plongé dans l'obscurité ; signe que sa mère n'était pas encore rentrée.

Jeff coupa le moteur.

« D'accord, moi aussi j'ai envie de te parler. »

Lisa affectionnait particulièrement la véranda un peu surannée, dont les murs étaient recouverts de chèvrefeuille qui parfumait la nuit d'une lourde senteur. Ils s'assirent sur la balancelle et se laissèrent bercer, délicieusement engourdis par le mouvement de va-et-vient ponctué de légers grincements familiers. Ils restèrent de longues minutes silencieux ; Jeff avait posé son bras sur le dossier et ses doigts effleuraient les épaules de Lisa. Elle frissonna et murmura timidement :

« Je te remercie d'avoir parlé à Louise ce soir... »

Il se tourna légèrement vers elle et laissa retomber son bras :

« Je suis inquiet pour l'équipe. Il règne une mauvaise ambiance et tes absences n'ont rien arrangé. J'espérais que ton retour allait changer les choses, alors quand Mark et Louise te sont tombés dessus, j'ai dû m'interposer. Tu comprends, je suis responsable de l'unité de l'équipe. J'étais forcé de leur demander de changer d'attitude.

— Je sais, Mindy me l'a dit. Merci de m'avoir défendue. »

Jeff se pencha en avant et appuya ses coudes sur ses genoux, le menton entre les mains :

« J'ai surtout agi en tant que responsable de l'équipe. Je ne t'ai pas défendue pour toi-même, mais pour sauvegarder l'esprit de groupe.

— Oh !... » Soudain ses craintes au sujet de Jeff et des « Dauphins » ressurgirent. « Merci quand même », répondit-elle faiblement.

Jeff se laissa aller en arrière et soupira.

« Tu sais, Lisa, cet esprit d'équipe est à double sens. Je comprends la colère de certains membres contre toi. Ils aiment la compétition, c'est leur passion, leur vie. Alors devant ta nonchalance ils deviennent enragés. »

Lisa approuva de la tête.

« Je comprends mais...

— Tu nous es précieuse. Nous avons besoin de ta présence à chaque séance d'entraînement. Nous ne pouvons pas nous permettre de perdre un membre, surtout à l'approche de la régate.

— Mais ne crois-tu pas que... » protesta vainement Lisa.

Jeff l'interrompit.

« C'est particulièrement injuste pour Mindy. Elle comptait sur toi pour la Coupe du lac Cedar cet été...

— Jeff, j'ai quelque chose à t'annoncer ! » déclara-t-elle piteusement en se pelotonnant contre le dossier de la balancelle.

Il fallait qu'elle lui dise tout. Les yeux bleus de Jeff la scrutèrent avec une attention soudaine :

« Qu'y a-t-il ? »

Les yeux fermés, Lisa articula d'une voix un peu rauque, en pesant sur chaque mot :

« Le président du club m'a offert le poste de monitrice des "Têtards". »

Au loin le tonnerre gronda et quelques secondes plus tard un véritable déluge s'abattit à nouveau.

« Offert quoi ? hurla Jeff.

— Le président et le conseil d'administration désirent réorganiser les "Têtards" et élargir leur programme, et ils m'ont chargée de cette tâche.

— Qu'est-ce que ça veut dire "élargir le programme" ?

— Simplement ouvrir le club à des enfants de l'extérieur, et créer de nouvelles activités. Ils m'ont demandé de concevoir le projet et de le mener à bien. » Elle lui jeta un regard suppliant. « Comprends-moi, Jeff, c'est une occasion unique pour moi de combiner enseignement et navigation. C'est le rêve de ma vie !

— Mais c'est impossible ! » Jeff bondit sur ses pieds et la toisa avec colère. Sa voix dominait le bruit de la pluie battante.

« L'équipe compte sur toi. Et moi aussi je compte sur toi ! »

Lisa tourna la tête vers les rhododendrons qui bordaient la véranda et dont les feuilles vertes brillaient dans la lumière diffuse.

« Je sais, répondit-elle calmement en reposant les pieds à terre. Et il n'est pas question que je vous laisse tomber. Ni toi ni l'équipe.

— Eh bien, n'est-ce pas une raison suffisante pour laisser à d'autres le soin d'organiser le... le programme communautaire ? »

Jeff vint s'asseoir près de Lisa et lui prit tendrement les mains. Puis il se pencha contre elle et elle sentit son souffle sur sa joue.

« Nous avons été de bons amis, Lisa, chuchota-t-il, et même plus... Les amis s'entraident. J'ai besoin de toi maintenant. Les "Têtards" trouveront bien un autre moniteur.

— Mais je peux très bien prendre en main les deux activités, Jeff. Il suffit de bien m'organiser.

— Pas question ! répondit-il en secouant la tête avec véhémence. Les choses doivent redevenir comme autrefois, avant que tu ne t'engages dans cette histoire. Nous aurons à nouveau plein de temps pour nous deux et pour l'équipe des "Dauphins". »

Lisa baissa la tête. Les mains bronzées et vigoureuses de Jeff enserraient les siennes avec tant de fermeté !

« Je veux avoir plein de temps à te consacrer, Jeff, murmura-t-elle en mettant dans sa voix tout l'amour qu'elle ressentait pour lui, mais j'ai besoin de continuer à travailler avec les enfants. C'est... vital pour moi. Ne pourrais-je pas être exemptée de la moitié des séances d'entraînement ? Je ne raterai aucune course, je te le promets. Je suis sûre qu'un des parents acceptera de s'occuper des "Têtards" le dimanche. »

Jeff lui lâcha aussitôt la main et la foudroya du regard :

« Et tu comptes sur moi pour convaincre l'équipe ? Je viens de t'expliquer que tes absences les révoltaient.

— Mais essaie au moins de comprendre...

— Non ! Ça ne marchera pas, un point c'est tout. » Il se leva et se mit à arpenter nerveusement la véranda. « Ils croient que je t'ai permis de manquer les courses parce que... parce que je suis ton petit ami. Alors, même si tu pouvais cumuler les deux boulots, ce dont je doute, les autres trouveraient cela injuste. Nous devons avoir une équipe soudée qui travaille main dans la main. »

Lisa baissa les yeux.

« Je ne sais plus où j'en suis... » Un violent éclair inonda la véranda d'une lumière crue, bleuâtre, et le fracas du tonnerre noya ses paroles. « ...Alors c'est les "Dauphins" ou mon job, n'est-ce pas ? » Elle savait qu'il y avait autre chose en jeu, mais elle ne voulait pas être la première à en parler.

« Exactement, répondit Jeff sur un ton glacé. Mais ce n'est pas tout... » Lisa se raidit, elle devinait la suite. « Choisir ton nouveau travail, ce sera aussi renoncer à nous deux !

— Je comprends très bien tes sentiments, murmura-t-elle d'une voix brisée, mais comprends-tu les miens ? »

Jeff lui prit le menton dans sa main et le releva gentiment. Il plongea son regard dans ses yeux voilés de larmes.

« Non, je ne crois pas, dit-il. Si j'étais à ta place, je n'hésiterais pas un seul instant ! Je n'arrive pas à concevoir que tu puisses même envisager de quitter les "Dauphins"... et de rompre notre liaison. »

Lisa essaya de refouler ses larmes.

« Tu as raison, articula-t-elle entre deux sanglots, je vais réfléchir.

— J'aimerais rentrer dans ton cerveau pour te faire choisir la bonne solution, murmura Jeff avec douceur. Nous avons besoin de toi, Lisa. *J'ai* besoin de toi. » Il s'approcha d'elle, mit ses deux mains sur ses épaules et l'embrassa longuement avec une tendresse qui la bouleversa. « Tu vas voir, je te parie qu'après avoir réfléchi tu comprendras que le plus important c'est l'équipe, c'est nous ! C'est une question de priorité. J'attendrai ta réponse. »

Il fit demi-tour et disparut dans la nuit.

Lisa était encore sur la balancelle quand la voiture de Mme Woods s'engagea dans l'allée. Elle avait décidé de rester dans l'obscurité pour éviter que sa mère, qui lisait sur son visage comme dans un livre ouvert, ne s'aperçoive de son désarroi et ne l'assaille de questions.

« Bonsoir, chérie ! »

Les gens estimaient avec juste raison qu'il y avait une ressemblance frappante entre Lisa et sa mère. Elles avaient les mêmes yeux gris, le même nez retroussé et les mêmes taches de rousseur dont Mme Woods était si fière.

« As-tu passé une bonne soirée ?

— Pas mal », répondit Lisa un peu évasive.

Elles avaient aussi des tempéraments d'une similitude extraordinaire, et la mère avec l'œil d'une pythie devinait intuitivement ce qui n'allait pas chez sa fille.

« Et toi, ça a bien marché ? » s'empressa d'ajouter Lisa pour lui renvoyer la balle.

Mme Woods poussa un soupir et se laissa tomber sur la balancelle :

« Je suis morte de fatigue. Tu te rends compte, un cocktail pour quarante personnes, et un dîner pour vingt ! » Elle lança un regard à sa fille. « Dis-moi un peu, nous n'avons pas encore discuté de cet été... quand pourrais-tu commencer à travailler pour moi ? »

Lisa ne put réprimer un rire. De tous les soirs, sa mère choisissait celui-ci pour aborder ce sujet.

« Décidément, ma popularité est à son comble ! s'exclama-t-elle.

— Chérie, si c'est une plaisanterie, peux-tu éclairer ta pauvre mère ?

— C'est un peu compliqué.

— Tu crois que la vie est simple ? » Mme Woods se laissa aller contre le dossier. « Alors, tu m'expliques ?

— Eh bien, le président du club m'a offert le poste de monitrice des "Têtards".

— C'est vrai ? Oh chérie, c'est merveilleux ! N'est-ce pas ce dont tu rêvais ? »

Lisa acquiesça tristement.

« Avec un salaire, ajouta-t-elle en pensant aux difficultés que traversait sa mère. Ça permettra de payer le collège et tu pourras engager quelqu'un à ma place avec l'argent que tu comptais me donner.

— Je savais que tu n'aimais pas cuisiner, mais je ne pensais pas que tu irais jusque-là ! » plaisanta sa mère. Elle étreignit sa fille contre son cœur. « Je suis si heureuse pour toi ! Quand dois-tu commencer ? »

Lisa poussa un soupir et s'écarta de sa mère.

« Pourquoi les choses sont-elles si compliquées, maman ? Ce soir Louise et Mark me sont tombés dessus parce que j'ai raté des séances d'entraînement. Alors Jeff a forcé Louise à s'excuser, mais pas pour me défendre personnellement, non, pour que l'équipe... heu...

— Attends, attends, une minute, chérie, j'ai un peu perdu le fil, intervint Mme Woods. Reprends depuis le début. »

Lisa tenta de toutes ses forces de maîtriser la vague de désespoir qui la submergeait.

« Eh bien, Jeff a dit qu'il fallait choisir entre les "Dauphins" et les "Têtards", qu'il n'était pas question que je cumule les deux fonctions.

— Il n'a pas tort, répondit Mme Woods. Je ne vois pas comment tu peux intégrer ces deux activités dans un emploi du temps qui doit tenir compte de choses primordiales... manger, dormir par exemple... » Elle dévisagea sa fille avec curiosité : « Il t'a dit autre chose, n'est-ce pas ? »

Comment se débrouillait-elle pour toujours poser la question la plus embarrassante ?

« Oui, il m'a dit que si j'acceptais le nouveau poste, ce serait la fin entre nous. »

Les paroles de Jeff prirent soudain toute leur dimension. Une brise fraîche avait succédé à l'orage. Lisa frissonna.

« Maman, si je ne fais plus partie de l'équipe je n'aurai plus d'amis, et même si on a eu des petits problèmes, j'aime encore Jeff. »

Elle regretta aussitôt ces mots. Exprimer sa pensée à voix haute, c'était mettre l'accent sur ce qu'elle perdait. Brusquement, de chaudes larmes d'amertume jaillirent de ses yeux. Elle enfouit son visage dans l'épaule maternelle et sanglota sans pouvoir s'arrêter. Sa mère lui essuya tendrement les yeux :

« Chérie, c'est un dilemme très pénible », murmura-t-elle d'une voix réconfortante. Elle sortit un autre mouchoir de sa poche. « Mais il arrive peut-être à un bon moment dans ta vie. »

Lisa la regarda stupéfaite.

« Je ne vois pas comment il pourrait y avoir un "bon moment" pour une chose comme ça !

— Tu sais, depuis que tu es membre de ce club tu as restreint tes fréquentations et tes activités. Les "Dauphins" m'ont l'air terriblement exigeants et étroits d'esprit, au point de ne pas avoir d'amis en dehors de leur petit cercle. » Mme Woods poussait la balancelle avec son pied. « Un cercle très... exclusif, avec des centres d'intérêt très limités : les voiliers, les excursions sur le lac, la natation, les surprises-parties. Il n'y en a pas un seul qui ait un travail.

— Mais c'est parce qu'ils n'en ont pas BESOIN ! protesta Lisa. Pourquoi voudrais-tu les faire travailler s'ils ont des parents assez riches pour leur donner de l'argent de poche, leur payer le collège et leur acheter des yachts ! ...Bien sûr, ce n'est pas ce qui compte le plus, s'empressa-t-elle d'ajouter en se rappelant les efforts de sa mère pour maintenir leur niveau de vie. C'est comme ça, voilà tout !

— Je sais, chérie. C'est exactement ce que je veux dire. En consacrant tout ton temps à ce petit groupe, tu n'as pas beaucoup l'occasion d'élargir tes connaissances. » Elle s'arrêta quelques secondes et reprit doucement. « Tu sais, une des raisons de notre divorce avec ton père a été notre désaccord sur notre train de vie. J'en avais assez des fêtes et de la surconsommation. Et comme nous n'avons pu aboutir à un compromis, j'ai dû choisir l'indépendance. Et pour la première fois, je suis libre de mes choix. » Elle poussa un soupir. « Le divorce n'était peut-être pas l'unique solution, nous aurions pu essayer de résoudre ce problème... enfin ce qui est fait est fait, et je ne m'en trouve pas plus mal. » Elle dévisagea longuement sa fille. « Il me semble qu'on te force à choisir. Pour Jeff c'est noir ou blanc. N'est-ce pas une vue un peu simpliste ? Est-ce vraiment juste pour toi ?

— Pas tellement, mais...

— Lui aurais-tu posé le même ultimatum ? »

Lisa réfléchit un moment.

« Non. Je lui aurais fait entièrement confiance et je l'aurais défendu contre toute l'équipe. Mais d'un autre côté, le club c'est toute sa vie !... Je comprends ses sentiments... ses... »

Sa voix se perdit. Mme Woods lui étreignit la main.

« Chérie, il n'est pas difficile de choisir entre le Mal et le Bien, mais très difficile de choisir entre le Bien et le Bien. Il faut distinguer entre le nécessaire et l'essentiel, c'est une question de priorité. » Elle se leva et lui tendit les bras. « Qu'est-ce que tu dirais de pop-corn arrosé de cidre frais ? »

Lisa se leva à son tour. Elle n'avait pas encore jeté les dés, mais les données du problème semblaient plus claires à présent.

« D'accord, maman, mais à condition que tu me laisses tout préparer. Tu as l'air épuisée. »

« Une question de priorité. » Jeff avait employé la même formule. Elle poussa un soupir. La question n'était pas de connaître les priorités de Jeff et de son équipe — qui étaient évidentes — mais les *siennes*. Pour là première fois, Lisa devait décider seule de sa destinée.

6

*L*a tempête avait lavé le ciel et un soleil éclatant inondait le paysage en cette fin de matinée, tandis que la voiture de Lisa filait en direction du Yacht Club où le président attendait sa réponse. Le pop-corn et le cidre de la veille avaient eu sur Lisa l'effet d'une potion magique, elle s'était endormie comme un bébé, et s'était réveillée le lendemain matin certaine de son choix, malgré la tristesse de perdre Jeff.

Elle s'engagea dans le sentier étroit bordé de cèdres parfumés qui conduisait au lac. Elle essayait de toutes ses forces de ne pas penser à Jeff et aux « Dauphins ». Travailler avec les « Têtards », avoir la responsabilité de créer tout un programme d'enseignement pour un groupe d'enfants plus large et plus diversifié était une perspective si excitante qu'elle était impatiente d'entrer dans ses nouvelles fonctions.

Lisa trouva le président en train d'épingler des circulaires sur le tableau d'affichage à l'extérieur du pavillon, puis elle le suivit dans son bureau pour lui annoncer qu'elle acceptait.

« Quelle bonne nouvelle, Lisa ! s'exclamat-il joyeusement. Nous avons grand besoin de votre créativité, de votre originalité, les enfants vous adorent ! » Il fit une courte pause et ajouta : « Avez-vous trouvé un arrangement avec les "Dauphins ?"

— Non, nous pensons que ça ne marchera pas, répondit-elle en tentant de cacher son émotion. Jeff va essayer de recruter un remplaçant dès que possible. Vous l'aiderez sûrement en diffusant l'information.

— Désolé pour vous, Lisa, mais j'espère que vous ne regretterez pas votre décision. En tout cas, je peux vous affirmer que le club y gagnera. » Sa gentillesse alla droit au cœur de Lisa. « Je voudrais entendre vos suggestions quant au recrutement des nouveaux membres, poursuivit-il. Mais regardez ce merveilleux soleil ! Allons prendre le café sur la terrasse, ce serait un crime de ne pas en profiter. »

De l'immense balcon surplombant la baie, les eaux du lac apparaissaient très calmes.

« C'est si beau ! s'exclama Lisa, mais il n'y a pas beaucoup de vent aujourd'hui. Heureusement que les enfants ont congé, on aurait passé notre temps à pagayer. »

Puis ils s'engagèrent dans une discussion animée au sujet de l'extension du programme. Le président lui suggéra de doubler la taille du groupe actuel et de créer de nouvelles activités qui mettraient l'enseignement de la voile à la portée d'enfants qu'elle devrait, d'une manière ou d'une autre, recruter à l'extérieur. Lisa était de plus en plus excitée. Elle se rendait compte que le succès du projet dépendrait en grande partie de son intelligence, de son imagination. Cependant elle avait aussi besoin d'appuis extérieurs.

« Je crois qu'il faudrait organiser une assemblée consultative, réfléchit-elle tout haut, composée de parents... peut-être aussi de directeurs d'autres centres de loisirs, et bien sûr de membres du club...

— Excellente idée ! s'exclama le président enthousiaste, plus il y aura de personnes concernées, plus vous aurez de soutien. Pete Conrad sera ravi de vous donner un coup de main. Cette assemblée vous sera aussi utile pour rassembler tout le matériel nécessaire. Et au sujet des dériveurs légers, où en sommes-nous ? »

Lisa sirota une gorgée de café, songeuse.

« Nous en avons une douzaine en bon état que nous utilisons toujours, et deux ou trois qui ont besoin de réparations, derrière le hangar. Mais nous risquons d'avoir des problèmes de rangement.

— Et où allez-vous amarrer ces douze voiliers supplémentaires ? »

Lisa ne put réprimer un rire en repensant à l'intention de Jeff de s'emparer du bassin des « Têtards ».

« Vous avez raison, c'est un problème que nous devons inscrire en priorité sur notre agenda. En tout cas, avec douze enfants en plus il ne sera pas question de partager notre bassin avec les "Dauphins". »

Le président lui lança un regard inquisiteur et s'apprêta à répondre quand un sifflement aigu l'interrompit. Lisa se pencha et aperçut le « cow-boy » de la veille.

« Hep, monsieur ! » héla-t-il en levant la tête. Il mit la main sur les yeux pour s'abriter du soleil. « Je vais en ville acheter des petites bricoles pour réparer le winch. Avez-vous besoin d'autre chose ? » Sa voix grave et sonore avait un fort accent texan.

« Montez une minute, Ben, je voudrais vous présenter quelqu'un ! »

Le « cow-boy » s'appelait Ben Holliday et avait été engagé comme auxiliaire dans l'équipe d'entretien des terrains et des bâtiments du Yacht Club. Il habitait là toute la semaine, dans la petite caravane installée derrière la cale de réparation des bateaux.

« C'est bien, comme ça je n'ai pas de loyer à payer. Cet automne je rentre à l'université et j'ai besoin de me remplir les poches », expliqua-t-il avec un sourire joyeux. Lisa remarqua ses dents d'une blancheur éclatante. « De toute façon, j'adore travailler avec mes mains. Je crois que je me débrouille pas mal. »

Le président du club éclata de rire et lui décocha une bourrade amicale :

« Voici l'affirmation la plus modeste de l'année ! Il n'est pas depuis une semaine parmi nous qu'il a déjà réparé toute la plomberie, retapé la moitié d'un toit, et il est sur le point d'arranger le winch qui a confondu tous les experts depuis trois mois. Tout lui réussit, nous sommes tombés sur un véritable génie ! » Lisa sourit à son tour. « Ben, poursuivit le président je vous présente Lisa, la nouvelle monitrice des "Têtards", notre équipe de juniors. C'est elle qui dirigera le nouveau projet du club qui a pour but de rendre ce sport moins exclusif. Vous comprenez, jusqu'à présent, c'était une équipe réservée aux enfants des membres seniors du club, et le conseil d'administration a jugé bon de recruter une douzaine d'enfants de l'extérieur et de créer tout un programme d'activités en plus des courses et leçons habituelles. Je vous en parle car je crois que vous êtes l'homme idéal pour l'aider à concrétiser son projet. Tout d'abord il faudrait construire de nouveaux coffrages en bois pour ranger leur équipement, et peut-être aussi rajouter des étagères pour les douze bateaux supplémentaires... Ah oui ! J'oubliais, derrière la cale il y a deux ou trois embarcations qui demandent à être réparées.

— C'est un bon projet, je suis sûr que ça va marcher ! » s'exclama Ben enthousiaste. Il se tourna vers Lisa : « Si tu as quelques minutes ce matin, on pourrait jeter un coup d'œil, comme ça je commanderai les matériaux en allant en ville aujourd'hui.

— Pourquoi pas tout de suite ? suggéra le président. Lisa, vous me dresserez une liste de toutes les nouvelles activités que vous envisagez de créer. Venez me voir dans deux jours, je serai ravi d'en discuter avec vous.

— Oh oui, avec plaisir ! Je suis contente d'avoir autant de responsabilités, mais j'ai un trac fou. Ça serait mieux si vous pouviez me donner votre avis.

— Bon, très bien. Alors au travail, les enfants ! »

Tandis que Ben marchait à son côté en direction du port, Lisa ne pouvait s'empêcher de l'observer : une large ceinture de cuir à laquelle étaient accrochés de lourds outils de charpentier pendait sur ses hanches étroites. Son vieux jeans délavé était rentré dans des bottes de cow-boy poussiéreuses et sales ; sa chemise kaki trempée de sueur, et dont il avait retroussé les manches, était ouverte sur sa poitrine hâlée. Il était à peine plus grand qu'elle, mais le fin coton qui couvrait ses épaules laissait deviner une puissante musculature. Et bien sûr, perché bien en arrière sur sa tête, il avait son éternel chapeau noir. Lisa se souvint de la remarque mordante de Jeff, de son impeccable chemise de cow-boy à fleurs, et de son chapeau immaculé, à boucle d'argent.

« Ça te plaît de vivre ici ? demanda-t-elle alors qu'il la précédait en bas de l'escalier. N'est-ce pas un peu triste tout seul ? »

Elle se mordit aussitôt la langue ; elle venait à peine de le rencontrer et déjà elle lui posait des questions personnelles... Mais il n'en prit pas ombrage :

« Non, pas vraiment. » Il se tourna vers la jeune fille. « J'ai "Chien" pour me tenir compagnie et "Camionnette" pour me déplacer. En général, je pars tous les week-ends aider maman au ranch. Attention !... » Il indiqua une marche du doigt. « Elle est branlante.

— Quel chien ? » s'étonna Lisa.

Ben émit un sifflement sonore et un petit chien marron jaillit des buissons près du rivage. Il s'arrêta pile, la tête inclinée d'une drôle de manière.

« Voilà "Chien" ! annonça Ben sur un ton enjoué. C'est un bâtard, mais un bon gardien et il est très affectueux. "Camionnette" est garée de l'autre côté. Aussi bête mais pas chère, solide et facile à réparer. Et toi ? Tu fais sûrement de la voile au club, si on t'a chargée de ce projet ? »

Lisa approuva d'un signe de tête :

« J'ai aidé l'ancienne monitrice, Carole, ces deux derniers mois, et ça m'a donné un peu d'expérience, et puis j'ai toujours fait de la voile. Et toi, as-tu un bateau ? » « ...sans doute nommé "bateau" », pensa-t-elle moqueuse.

Ben éclata de rire. Un rire franc, gai, insouciant, qui se mariait bien avec son accent chantant :

« Moi ? Même pas en rêve ! Je ne suis qu'un employé de ranch, un charpentier. A part les bateaux de pêche, je n'y connais rien... »

Une fois au port, Ben reprit son sérieux. Il promena son regard alentour :

« Bon, alors, tu me montres ce qu'il y a à faire ? »

Ils passèrent la demi-heure suivante à décider des endroits où il fallait construire les nouveaux coffres, le hangar et les étagères. Ben comprenait intuitivement ce que Lisa voulait, et apportait même d'excellentes suggestions.

« Tu ne pourras jamais mettre douze gosses en plus, dit-il songeur en arpentant le quai. Tu as une longueur d'environ neuf mètres, ça te permet d'amarrer huit ou neuf bateaux supplémentaires au maximum, sinon c'est la pagaille.

— Mais je croyais que tu n'y connaissais rien ? s'étonna Lisa.

— Pas besoin d'être un expert pour calculer le nombre de mètres dont tu as besoin pour attacher un petit voilier », répliqua-t-il.

Les joues de Lisa s'empourprèrent.

« Oui, tu as raison.

— Bon, alors il faut absolument trouver une solution... Je vais y réfléchir. En attendant, on peut déjà monter le hangar et construire les coffres. » Il la dévisagea avec curiosité : « Tu as déjà touché à un marteau ? »

Lisa redressa fièrement le menton :

« Bien sûr ! répondit-elle. L'été dernier j'ai posé une étagère dans ma chambre. »

Il sourit. Une fossette se creusa au coin de sa bouche. Ses yeux brillaient de malice.

« J'espère au moins qu'elle est droite ! Mais j'avoue que c'est sans doute plus dur à monter qu'un hangar car un hangar a quatre planches pour le faire tenir ! »

Lisa pouffa de rire.

« A vrai dire, elle n'est pas tout à fait droite, admit-elle, mais au moins rien ne tombe...

— Bon, alors si je te passe des outils, tu pourras me donner un coup de main. » Il se tut un moment, plongé dans ses calculs. « Alors voyons... je crois qu'on pourra commencer demain ou après-demain, ça te va ?

— Génial ! s'exclama Lisa. Je suis prête quand tu veux.

— Voilà une bonne réponse », déclara-t-il avec un sourire radieux.

Et, suivi de « Chien », il remonta en sautillant l'escalier en direction du pavillon. Lisa le suivit des yeux jusqu'à ce que sa silhouette ne soit qu'un minuscule point.

Les jours suivants, Lisa fut si occupée qu'elle n'eut guère le temps de se lamenter sur la perte de Jeff. Elle travailla d'arrache-pied à la préparation de ses nouvelles leçons et de la liste d'activités qu'elle devait soumettre au président. Le mercredi suivant, elle donna rendez-vous aux enfants sur la jetée. Là, perchée sur un des petits voiliers, elle essaya de les faire asseoir en cercle autour d'elle.

« Oh, les gosses, baissez d'un ton s'il vous plaît ! » cria-t-elle en regardant d'un air menaçant Tod qui s'était proclamé chef du groupe et qui pour l'instant s'amusait à lier les poignets de Suzie avec un bout de corde. Tod obéit aussitôt et alla s'asseoir en tailleur devant Lisa. Les autres l'imitèrent.

« J'ai une nouvelle à vous apprendre, déclara-t-elle en observant leurs visages, c'est au sujet du nouveau moniteur. »

Pam assise à côté de sa sœur jumelle Sam leva la main :

« Est-ce qu'on va voter ? » demanda-t-elle d'une voix angoissée.

Une vague de rire balaya le groupe, mais certains d'entre eux avaient du mal à cacher leur inquiétude.

« Non, mademoiselle, répondit Lisa, mais j'espère que vous serez contents d'apprendre que le club m'a 'désignée à ce nouveau poste ! »

Cette annonce fut accueillie par un hurlement général de joie.

« C'est vraiment vrai ? s'exclama Sam en se précipitant sur Lisa. C'est justement pour toi que je voulais voter, ajouta-t-elle en l'embrassant.

— Vraiment vrai ! » répéta Lisa ravie. Elle lui rendit son baiser. « Je suis heureuse que tu le sois parce que je le suis, plaisanta-t-elle. Bon, j'ai une autre nouvelle pour vous : le club a décidé d'élargir votre groupe, de donner la possibilité à des enfants de l'extérieur d'apprendre la voile ; vous allez vous faire plein d'amis. Bien sûr, on ne va pas tout transformer de but en blanc. Non, on va amener les nouveaux venus petit à petit, et avec votre coopération tout se passera bien. »

Les gosses parurent excités et heureux à l'idée d'avoir de nouvelles têtes dans leur équipe. Quelques-uns même se proposèrent pour aider les marins débutants.

« Formidable ! s'écria Lisa enthousiaste. Nous allons instaurer un système d'entraide : chacun à votre tour vous montrerez à vos compagnons toutes les ficelles du métier. Avez-vous d'autres suggestions ? »

Une discussion enflammée s'ensuivit

quant à la manière d'introduire les arrivants. Lisa dut les interrompre.

« Nous avons encore tout le temps d'y réfléchir. Maintenant, passons à notre leçon. Vous êtes prêts ? »

Lisa leur avait annoncé qu'il y aurait des manœuvres de chavirement à l'ordre du jour, et elle remarqua avec satisfaction que pas un n'avait oublié son maillot de bain. La séance, longue et dure, se révéla très fructueuse. A cinq heures et demie, trempée mais heureuse de leurs progrès rapides, elle donna le coup de sifflet final.

« O.K. les enfants ! hurla-t-elle. Tout le monde à l'intérieur ! »

Après le cours, Lisa dut étaler les voiles mouillées afin de les faire sécher au soleil, puis procéder à de menues réparations sur deux ou trois bateaux. Il était assez tard quand elle termina.

Elle alla se promener sur le petit port, pour profiter du calme et de la beauté du coucher du soleil qui projetait sur le lac ses longs rayons d'or. Soudain, elle s'aperçut que les « Dauphins » avaient hissé leurs voiles et s'apprêtaient à une séance d'entraînement tardive... ou peut-être à un pique-nique nocturne à l'Ile Surprise. Chaque voilier avait son chef de bord et son équipier. Lisa comprit qu'elle avait déjà été remplacée. Elle aurait dû s'en moquer mais elle ressentait malgré tout un pincement au cœur en les voyant partir sans elle. Après tout, elle aimait encore Jeff, et les « Dauphins » étaient ses seuls amis... Mais l'étaient-ils vraiment ?

Ils approchèrent du port et Lisa eut un moment d'incertitude... Devait-elle partir au plus vite, disparaître avant qu'ils ne la voient ? Elle jeta un coup d'œil vers la première embarcation qui virait en sa direction : Jeff tenait la barre, et Mindy était son équipière. Ils avaient l'air de bien s'amuser. Trop tard pour s'en aller, ils penseraient qu'elle les fuyait.

Elle se pencha, faisant semblant de ranger quelque chose dans un coffre et elle releva la tête au moment précis où le « Fireball » de Jeff passait en rasant le bord.

« Hello ! » s'écria-t-elle en agitant la main.

Mais ni Jeff ni Mindy ne semblèrent remarquer sa présence. Le reste de la bande, bavardant joyeusement, suivit le chef. Personne ne la salua.

Quand ils furent au large, Lisa retourna s'asseoir près de l'eau, les yeux rivés sur le lac. Toujours en tête, le bateau de Jeff, dont les voiles formaient un triangle lumineux dans l'obscurité de la nuit naissante, effectua un double virement de bord puis conduisit le reste de la flotte vers l'Ile Surprise. Il ne s'agissait donc pas d'une séance d'entraînement, mais d'un pique-nique nocturne. Ils allaient faire sur la plage un énorme feu sur lequel ils feraient griller des hot dogs et de la guimauve en écoutant de la musique.

« *Jeff et Mindy,* médita sombrement Lisa, *n'auraient-ils pas pu attendre un peu avant de... »*

Sur le chemin du retour elle fut soudain envahie par le doute. Faire partie des « Dauphins » lui avait jusqu'alors conféré le sentiment d'être privilégiée. A présent, elle était redevenue la Lisa Woods ordinaire. En abandonnant son équipe et Jeff, elle avait perdu son identité. Avait-elle fait le bon choix ?

7

*L*a semaine suivante Lisa se consacra à fond aux « Têtards ». C'était à la fois exaltant et drôle de voir le programme prendre forme jour après jour. Elle en concevait un sentiment de fierté et cette intense activité l'empêchait de s'abîmer dans des réflexions moroses au sujet des « Dauphins », de Jeff et Mindy.

Elle se jura de ne pas se laisser abattre. « *Au moins,* pensa-t-elle en se souvenant de la manière avec laquelle ils étaient tous passés près d'elle sans même un salut, *ne pas leur montrer à quel point tu es blessée.* »

Malheureusement, il lui était impossible de les ignorer totalement car ses nouvelles activités la retenaient tard tous les jours et Jeff et Mindy s'affichaient quotidiennement devant ses yeux.

Son travail se révélait être un véritable défi. Lisa avait publié une annonce dans le *Cedar Spring Herald*, le journal local, pour inviter les lecteurs à envoyer leurs demandes d'inscription au club des « Têtards ». Elle reçut deux fois plus de réponses que prévu, et octroya les places à des enfants dont les parents n'auraient jamais eu les moyens de payer l'adhésion au club.

L'un des débutants, excellent nageur et bon athlète, comprit immédiatement les principes de la navigation, mais les autres avaient besoin d'une attention constante. Lisa décida de leur donner Pam et Sam comme camarades. Les jumelles remplirent leur tâche avec un dévouement et une gentillesse extraordinaires.

Mais le nouveau programme ne s'arrêtait pas là. Deux semaines après son entrée en fonctions, Lisa alla trouver le président du club dans son bureau pour lui exposer en détail les projets sur lesquels elle avait longuement travaillé. Elle désirait d'abord mettre sur pied une démonstration de voile en parallèle avec les courses lors de la régate. Les enfants accompliraient tous les mouvements de navigation qu'ils avaient appris.

Ensuite, elle voulait organiser toutes les trois semaines une série de leçons, de difficulté croissante, qui introduiraient un nouveau concept à chaque séance en mettant l'accent sur l'apprentissage de la sécurité en mer.

« Pourriez-vous m'indiquer des personnes susceptibles de m'aider ? demanda-t-elle en conclusion.

— Le docteur Daniels sera ravi de vous faire un exposé sur les prévisions météo et l'échelle des vents. Pete Conrad s'est déjà proposé pour la sécurité en mer, et Jeff acceptera sûrement de vous accorder deux ou trois cours à propos du matériel de navigation. »

Lisa secoua la tête.

« Non, je préférerais trouver quelqu'un d'autre, répondit-elle les yeux baissés.

— Comment ? Vous ne vous êtes pas encore réconciliés ? s'étonna le président.

— Non. Et je crains que ce ne soit pas pour demain. Ils m'ont déjà remplacée. » Devant le regard intrigué de son interlocuteur, elle ajouta avec une fausse nonchalance : « Mais ça ne me touche pas vraiment. Je comprends très bien qu'il s'agissait de "priorité". Jeff veut la meilleure équipe possible.

— Humm... je vois. Eh bien, je crois que nous avons pas mal de travail sur les bras, surtout si vous tenez à la démonstration de vos poulains... A propos, comment marchent les réparations avec Ben ?

— A merveille ! s'exclama Lisa en souriant pour la première fois depuis le début de leur entretien. Je dois d'ailleurs le rejoindre sur le port dans quelques minutes. Nous avons presque fini la construction du nouvel espace de rangement. » Elle attrapa sa sacoche. « En tout cas, merci pour vos conseils.

— De rien, Lisa. C'est un véritable plaisir pour moi, vos projets sont passionnants. »

Lisa se dirigea vers la jetée, le sourire aux lèvres. Le président avait approuvé tous ses plans et elle avait en perspective une matinée entière de travail avec Ben.

A sa grande surprise, elle découvrait qu'aider Ben à planifier, réparer et construire était tout aussi excitant que travailler avec les enfants. Ils commençaient à neuf heures du matin tous les jours et poursuivaient jusqu'à deux heures de l'après-midi, ne prenant que quelques minutes pour déguster les sandwiches que Lisa apportait de chez elle.

Avec Ben chaque jour était plus enrichissant. Il lui enseignait tout avec une patience incroyable, même lorsqu'il devait lui répéter trois ou quatre fois la même chose. Avec lui, ses efforts étaient toujours récompensés ; elle se sentait utile.

« Salut, Ben ! lança-t-elle du haut des marches qui menaient au port. Désolée d'être en retard, j'avais rendez-vous avec le président du club... »

Elle dévala l'escalier.

« Alors comment ça s'est passé ? demanda-t-il en repoussant son chapeau de cow-boy en arrière. Tes idées lui ont plu ?

— Drôlement ! Oh, Ben, je suis si contente !

— Je savais que tu réussirais, répondit-il en souriant.

— Que *nous* réussirions. Toi et moi. Rien n'aurait été possible sans tout ce que tu as construit...

— Que *nous* avons construit, corrigea Ben. Toi et moi. »

Lisa sourit.

« O.K., que nous avons construit. » Soudain, elle redevint plus sérieuse. « Est-ce que tu envisages d'aller à l'université pour faire des études d'ingénieur ? »

Ben éclata de rire.

« Tu veux dire que je devrais devenir ingénieur simplement parce que j'aime construire ? Non, non, moi je voudrais être prof. J'aimerais enseigner la menuiserie dans un lycée. Les gosses, quand ils fabriquent quelque chose de leurs propres mains, ça leur donne confiance en eux, ils se sentent mieux dans leur peau. En tout cas, c'est vrai pour moi. » Il se tourna vers Lisa, en mettant sa main sur ses yeux sombres pour se protéger de l'éclat du soleil. Un petit sourire en coin se peignit sur ses lèvres. « N'est-ce pas pour ça que toi aussi tu enseignes aux enfants ? »

Lisa ne répondit pas immédiatement.

« Je ne l'avais jamais envisagé sous cet angle, répondit-elle enfin, mais tu as raison. C'est vrai, ce que je préfère c'est voir les changements qui s'opèrent en eux. Ils adorent apprendre, et quand ils peuvent t'en mettre plein la vue après, ils sont si fiers !

— Tu vois ! s'exclama Ben ravi. Tu es un bon prof. Tu as une approche positive. Tu ne les traites pas sans cesse d'ignorants, mais tu les aides à comprendre, tu te mets à leur portée. »

Lisa rougit de plaisir.

« A propos, suggéra-t-elle, tu aimerais prendre une leçon de voile ? Tu m'as dit que tu n'étais jamais monté sur un voilier, et puisque tu me trouves si douée pour enseigner tu pourrais peut-être t'en remettre à moi pour deux ou trois heures ?

— Je te prends au mot ! » Il baissa les yeux sur ses pieds. « Mais je parie que je n'aurai pas le droit de porter mes bottes sur le bateau.

— En effet, il n'en est pas question ! s'esclaffa Lisa. Ni bottes ni chapeau de cow-boy.

— Pas de chapeau ? » Il éclata de rire. « C'est comme si tu me demandais d'abandonner "Chien" ou d'échanger "Camionnette" contre un modèle plus récent ! Tu veux que je me débarrasse de tous mes amis simplement parce que tu as une notion très étroite de ce qu'il faut et ne faut pas porter sur un bateau ? »

Il esquiva la main de Lisa qui essayait de lui arracher son chapeau.

Le lendemain, à sa grande surprise, Lisa vit arriver un Ben vêtu d'un short coupé dans un vieux jeans et chaussé de tennis. Son chapeau chéri avait disparu.

« Je rêve ? s'exclama-t-elle. Tu as l'air presque respectable.

— Cesse tes plaisanteries et commence ta leçon », répliqua-t-il mi figue-mi raisin.

Il la suivit sur le voilier.

C'était une journée ensoleillée ; le ciel était bleu sans l'ombre d'un nuage. Une bonne brise gonflait les voiles.

« Tu vois, pour équilibrer le bateau, tu dois tout simplement te mettre là, debout face à la voile, et te pencher vers l'extérieur au maximum, expliqua Lisa. Avec le poids de ton corps, tu dois contrebalancer la force du vent qui souffle contre toi sur la voile, et maintenir le bateau au bon angle... sinon il va chavirer. »

Pour démontrer cela, elle sangla ses pieds dans les courroies fixées sur le fond du navire, inclina son corps presque à l'horizontale et redressa son embarcation. Ben l'imita aussitôt et Lisa put ainsi ajuster les voiles et la barre.

Ce n'était pas un voilier aussi rapide que le « Fireball » de Jeff, mais ils prirent bientôt de la vitesse et traversèrent le lac à bonne allure.

« Maintenant nous allons essayer de virer de bord, annonça Lisa. Ça veut dire que nous allons prendre le vent de l'autre côté de la voile. Tu comprends le principe : toujours en utilisant la force du vent, il faut faire tourner le bateau tout en le gardant bien en équilibre. Quand je dis : "Paré à virer" tu enlèves ce taquet qui contrôle le foc et la bôme, c'est ce bout de bois qui supporte le bord inférieur de la voile, pivote en même temps que le nez du bateau, sous la poussée du vent. Là, il faudra que tu baisses la tête pour ne pas être assommé. Ensuite tu raccrocheras vite l'écoute pour maintenir le foc en place. Puis tu recommences comme au début.

— O.K. », répondit Ben.

Et avec un « Paré à virer ! » tonitruant Lisa poussa la barre du gouvernail et le bateau vira de bord.

« Super ! » s'écria-t-elle avec enthousiasme.

Ben avait exécuté cette difficile manœuvre avec une aisance et une rapidité extraordinaires et il était déjà en train d'accrocher l'écoute. Le voilier vira de bord.

« Maintenant, prends la barre ! » ordonna Lisa.

Ils changèrent de place. Le vent soufflait plus fort à présent, et l'écume recouvrait la crête des vagues de mousse blanche.

« Quand il y a de l'écume ça veut dire qu'on a un vent de dix-huit nœuds à peu près, expliqua-t-elle. Il faut vraiment se dépêcher ! »

Elle s'attendait à ce que Ben panique un peu, surtout lorsque le vent se fit menaçant, mais il semblait avoir une connaissance instinctive de la navigation. Toutes les cinq minutes elle lui montrait une nouvelle manière de tirer des bords, et au bout d'une douzaine de démonstrations, il pouvait se débrouiller tout seul.

« Tu as besoin d'un peu d'exercice, c'est tout. Tu es un navigateur né. Tu possèdes un sens de l'eau, de la voile que peu de gens réussissent à acquérir même après de longues années d'expérience.

— Dommage, je n'aurai plus beaucoup le temps d'en faire, répondit-il. La semaine prochaine je dois aider à rénover la cale du port, et construire un nouvel appareil de levage.

— Mais, et les week-ends ? s'enquit Lisa. Tu ne travailles quand même pas le samedi et le dimanche ?

— Si... » Ben eut un petit sourire mystérieux. « Pas ici, mais au ranch. J'étudie quelques projets, je te les montrerai un jour si tu veux. Mais enfin, si tu insistes vraiment, j'essaierai de trouver une heure ou deux pour la voile cette semaine.

— Tu es si doué ! Il faut absolument que tu t'y mettes sérieusement, insista-t-elle. Deux semaines d'entraînement et tu gagnes toutes les courses... tu pourras même battre Jeff ! »

Ben lui donna une petite tape amicale sur le bras et sourit avec une certaine ironie.

« Merci prof, mais la compétition avec Jeff ça ne m'intéresse pas du tout. Ni pour une course de yachts ni pour quoi que ce soit. Il y a des choses bien plus intéressantes dans la vie. » Il lui lança un regard sibyllin et ajouta : « Tu n'es jamais allée à un rodéo ?

— Un rodéo ? » s'écria-t-elle stupéfaite. « Heu... non... mais ça doit être intéressant », s'empressa-t-elle de dire. Elle n'en était pas si sûre, mais elle avait peur de le froisser.

« Alors je t'échange un rodéo contre ta leçon de voile ! »

A ce moment précis le vent tourna, et ils eurent fort à faire pendant les vingt minutes suivantes.

Arrivés à bon port, Ben l'aida à amarrer le bateau et ranger les voiles puis il la remercia pour ce cours et partit.

Lisa ne pouvait s'empêcher de penser aux paroles de Ben, qui revenaient sans cesse marteler son cerveau comme un refrain. Qu'avait-il bien voulu dire en prétendant ne pas être intéressé par la compétition avec Jeff ?

8

*L*es jours suivants, Lisa fut si occupée qu'elle n'eut guère l'occasion de s'appesantir sur son sort chaque fois qu'elle voyait Jeff et Mindy ensemble ou qu'un des « Dauphins » la snobait. De toute façon elle commençait à s'y faire et la vive blessure qu'elle avait ressentie au début se transformait peu à peu en une vague désillusion. Et même elle se sentait bien dans sa peau, pour la première fois de sa vie.

Mais deux jours après son merveilleux après-midi avec Ben, un événement imprévu fit tout basculer.

Lisa venait de terminer une leçon un peu théorique sur le gréement des voiliers et elle avait eu un mal fou à maintenir l'attention des enfants. Elle était en train de ranger le matériel nécessaire à sa démonstration lorsqu'elle entendit soudain un sifflement familier. Elle releva la tête stupéfaite : c'était Jeff, nonchalamment appuyé contre le hangar construit par Ben. Il était plus beau et plus sûr de lui que jamais.

« Salut ! lança-t-il gravement. Ça fait plaisir de te voir. »

Le cœur battant Lisa détourna la tête et continua à enrouler les cordages, en essayant de se concentrer sur sa tâche.

« Tu n'as pas de séance d'entraînement ? demanda-t-elle sèchement.

— Non. Elle a été remplacée par une session sur la préparation de la régate. Tout le monde attend le jour J. Est-ce que tu prévois quelque chose pour les "Têtards" ?

— Oui. Une démonstration de navigation dans leur bassin l'après-midi, pendant les courses. »

Elle se rendait compte que sa voix n'était pas très amicale, mais elle n'y pouvait rien.

Jeff s'approcha. Il s'assit sur la coque d'un canot retourné et l'observa sans un mot, tandis qu'elle poursuivait son travail. Au bout d'un moment il croisa son regard et le retint. Ses grands yeux bleus s'adoucirent :

« Tu m'as manqué, dit-il.

— Mais je t'ai vu avec Mindy tous les jours, s'exclama Lisa, choquée. Je croyais que...

— Tu te trompes ! » La voix de Jeff se durcit. « Nous sommes simplement en train d'essayer de former des équipages homogènes ! » Il jouait nerveusement avec des bouts de cordage et soudain, il demanda, de but en blanc : « Tu viens au cinéma avec moi ce soir ?

— Ce... ce soir ? » bégaya Lisa. Elle fit un effort surhumain pour donner à sa voix un ton aussi détaché et dépourvu d'émotion que celui de Jeff. « Oui, d'accord. »

Son cœur battait la chamade, elle était bouleversée de bonheur par ce brusque revirement. « *Il m'aime encore !* hurlait-elle intérieurement. *Comment ai-je pu me tromper à ce point ?* » Lisa n'avait jamais été si heureuse de sa vie. Bizarrement, le visage de Ben lui revint comme un éclair à l'esprit, mais elle s'empressa de repousser cette image troublante. « *Ce soir, ce sera merveilleux... »*, se promit-elle.

Elle choisit de porter la chemisette à rayures roses et le blue-jean qu'elle venait de s'acheter avec son premier salaire.

Jeff l'emmena voir un film à Lake Hills, puis ils s'arrêtèrent chez Maxwell. Là ils s'installèrent à une table tout au fond, et bien que deux ou trois « Dauphins » les aient salués, personne ne vint les déranger.

Lisa, béate, goûtait simplement le bonheur de sentir à nouveau la présence chaleureuse de Jeff.

Il sourit et lui prit la main :

« Tu es heureuse ?

— Oui... » Elle ne pouvait pas trouver de mots assez forts pour décrire sa joie. « Et toi ?

— Très », dit-il avec une certaine désinvolture.

Il étreignit brièvement sa main et la laissa retomber aussitôt.

Ce manque de tendresse la décevait un peu, mais elle tenta de se raisonner : *« C'est comme si nous reprenions tout à zéro. Nous devons nous habituer l'un à l'autre, ça prend du temps.* » Lisa avait envie de raconter à Jeff tout ce qu'elle avait fait depuis leur séparation, mais ç'aurait été maladroit sans doute. Elle jugea bon de ne pas remuer le couteau dans la plaie. Cette soirée était si douce, rien ne devait la gâcher.

Ils mangèrent leur glace en silence. Lisa était si contente qu'elle n'osait même pas demander à Jeff les raisons de son revirement brutal. Puis il la raccompagna chez elle.

« As-tu envie de venir bavarder un moment sous la véranda ? demanda-t-elle. Maman a fait de la limonade.

— Mmm... génial ! s'exclama-t-il. C'est la meilleure limonade du monde ! »

Lisa apporta deux grands verres glacés, remplis jusqu'au bord, et ils s'assirent sur la balancelle en bavardant joyeusement de leurs projets pour l'été.

Jeff la mit au courant des plans de son équipe pour la régate, en n'éludant aucun détail. Flattée de recueillir ses confidences elle se laissait aller rêveusement au doux mouvement de va-et-vient, en écoutant la musique de sa voix, sans trop prêter attention à ses paroles.

« Nous avons encore plus de concurrents que prévu, expliquait-il. Près de soixante-quinze, alors que nous n'en attendions que soixante !

— La campagne publicitaire de Joe a été un gros succès... un trop gros d'ailleurs », répondit-elle en sirotant sa limonade.

Jeff s'appuya contre le confortable dossier et croisa ses bras sur sa poitrine.

« Oui, sans doute, dit-il d'un air sombre. Nous avons eu beau examiner le problème de place sous tous les angles, nous n'avons pas trouvé de solution. » Il passa son bras sur le dossier de la balancelle et petit à petit le laissa glisser sur les épaules de Lisa. Elle ferma les yeux au contact de sa peau tiède à travers le voile fin de sa chemise. « Lisa, nous avons reparlé de la possibilité d'utiliser le bassin des "Têtards"... » Il hésita quelques secondes, puis interrogea soudain : « Crois-tu que nous pouvons trouver un arrangement ?

— Un arrangement ?

— Ce qui nous intéresse c'est votre bassin... » En voyant l'air outré de Lisa, Jeff leva aussitôt la main en signe de protestation. « Juste pour la régate, c'est tout. Nous devons *ABSOLUMENT* dégoter un espace supplémentaire et votre bassin étant plus large et mieux placé que le nôtre, nous avons pensé que... »

Lisa ne le laissa pas terminer. Elle bondit sur ses pieds ; ses yeux lançaient des éclairs de colère.

« Alors tu as cru que tu pouvais me manipuler, me faire accepter ton offre, ton... "arrangement", en me disant combien je t'avais manqué, en m'emmenant au cinéma et en m'achetant une glace ! Et tout ce que tu voulais c'était me piquer mon bassin ! » Furieuse, elle refoula un sanglot. « Tu m'as crue assez idiote pour tomber dans le panneau, pour me laisser avoir par ton horrible ruse ?

— Ce n'était pas une ruse ! protesta Jeff avec véhémence. J'avais vraiment envie de te voir. Tu m'as manqué, c'est vrai. Nous étions si... bien ensemble, et j'ai envie qu'entre nous tout redevienne comme avant. Mais si tu ne veux pas, nous pourrions au moins être de bons associés. Les "Dauphins" ont besoin de place, Lisa. Le mois dernier tu te déclarais prête à m'aider, tu voulais faire partie de mon équipe. Ça n'a pas marché, mais tu pourrais apporter ta contribution en...

— En te laissant t'approprier notre bassin, n'est-ce pas ? Eh bien, Jeff Freeman, si c'est ça ton idée de contribution, va te chercher une autre... partenaire ! »

Sur ce, Lisa fit volte-face et se sauva vers la maison pour que Jeff ne voie pas les torrents de larmes qui jaillissaient de ses yeux.

Longtemps encore Lisa garda le goût amer de sa fureur. Comment Jeff avait-il pu lui faire un coup pareil ? Comment avait-il osé lui faire croire pendant ces heures si délicieuses qu'il l'aimait ? Plus elle y songeait et plus sa colère augmentait. Heureusement qu'il lui restait les « Têtards ». *« Même si je n'ai pas d'amis, j'ai de quoi m'occuper »*, se répétait-elle pour se consoler.

En effet, Lisa ne croyait pas si bien dire. Ben et elle venaient de finir de réparer le bassin quand Ben suggéra d'y construire un banc sur toute une longueur sous lequel il y aurait un coffrage pour ranger les gilets de sauvetage des enfants. Aidés de quelques « Têtards », ils passèrent les trois jours suivants à scier, clouer et peindre.

Le président du club vint jeter un coup d'œil sur leur réalisation.

« Fantastique, Lisa ! s'exclama-t-il. Vous avez accompli un fabuleux travail de restauration.

— Merci, répondit-elle un peu gênée, mais c'est surtout à Ben que revient le mérite. C'est lui qui a eu toutes les idées et a dressé tous les plans.

— C'est un jeune homme plein de talent. Je ne manquerai pas de le féliciter à la première occasion. Au fait, comment marche votre programme ?

— A la perfection, dit-elle avec fierté. Je viens d'accepter l'adhésion de six nouveaux membres pour la deuxième série de leçons. Et comme ma première classe terminera son stage au moment de la régate, j'aimerais leur distribuer des diplômes lors de la remise des trophées. Est-ce que ça serait possible ? » Le président approuva d'un signe de tête et Lisa poursuivit : « Je commencerai ensuite à recruter de nouveaux élèves pour la troisième session. Deux des membres du club se sont portés volontaires pour faire d'autres exposés.

— Parfait ! Vous savez, Lisa, au début je craignais de rencontrer une forte opposition interne à l'idée d'ouvrir les "Têtards" à des enfants de l'extérieur. Mais grâce à votre idée d'associer les membres du club à cette opération, le projet a été accueilli avec enthousiasme. Je vous en félicite. »

Lisa rougit jusqu'aux oreilles :

« Je suis si contente que ça ce passe bien.

— Ah ! il y a une chose dont je voudrais vous parler, Lisa, poursuivit le président.

— Qu'est-ce que c'est ?

— La section des "Têtards" se développe à une telle rapidité qu'il serait plus sage de faire appel à l'aide des "Dauphins". S'ils pouvaient vous accorder deux jours par semaine, par exemple, vous auriez la possibilité d'offrir un enseignement plus personnalisé, et des activités plus variées. »

Un profond ressentiment noua la gorge de Lisa.

« Je... je ne crois pas que ça puisse marcher, répondit-elle en détournant la tête. Les "Dauphins" sont déjà très occupés avec leurs propres courses.

— Je sais. Et c'est justement là où je veux en venir. Ils se sont limités aux compétitions et aux promenades, et c'est insuffisant. A mon avis, vous êtes la seule capable de modifier leur attitude. »

Lisa secoua rigoureusement la tête.

« Ce sont leurs affaires, je ne veux pas m'en mêler !

— Je comprends très bien que vous ayez envie de garder les "Têtards" pour vous toute seule, dit le président en la regardant droit dans les yeux. Et dans un sens, vous avez raison. Vous avez donné naissance au nouveau programme, c'est votre création. Mais vous n'avez aucune raison d'avoir peur de perdre votre fonction ou d'être jalouse. »

Lisa était estomaquée. Il n'avait donc rien compris ?

« Jalouse ? répéta-t-elle. Vous croyez que je veux éloigner les "Dauphins" par jalousie ? »

Le président sourit gentiment.

« Bon, alors disons seulement que vous ne paraissez pas très désireuse de partager », concéda-t-il. Il lui tapota sur l'épaule. « Enfin, réfléchissez-y. Je ne vous demande pas une réponse immédiate.

— D'accord », répondit Lisa. Elle bouillonnait de rage. *« Je n'engagerai jamais les "Têtards" dans un engrenage pareil !* se jura-t-elle, *JAMAIS !* »

9

*D*evinant la tristesse de Lisa, Ben faisait tout son possible pour essayer de lui remonter le moral. Chaque jour il venait voir les enfants au port pour leur enseigner quelques réparations simples.

Un soir, Lisa achevait de nettoyer le matériel quand elle vit arriver un Ben différent. Ses cheveux noirs avaient été soigneusement peignés, il portait une chemise blanche amidonnée et un jean propre. Même ses bottes et son vieux chapeau de cow-boy avaient été remis à neuf.

« Prête ? demanda-t-il.

— Pour quoi ?

— Pour le rodéo pardi ! Tu ne te rappelles pas notre accord ? Un rodéo contre une leçon de voile ?

— Ce soir ? Mais... Mais je dois prévenir ma mère !

— O.K., mais je sais qu'elle sera d'accord, répondit-il en la prenant par le bras. Tu vas voir, tu vas bien t'amuser. »

Le rodéo avait lieu dans un parc d'attraction. Des gradins de bois entouraient sur trois côtés une immense arène dont le sol était recouvert de terre battue. Contre le mur du fond se dressait le stand du commentateur orné d'une barrière étoilée. Juste en dessous il y avait un labyrinthe de barrières métalliques.

« Ce sont les glissières pour les bestiaux, expliqua Ben une fois qu'ils se furent installés sur les gradins avec assez de pop-corn et de hot dogs pour le restant de la nuit. L'animal a juste la place de s'y glisser, il ne peut pas gigoter. Alors le cow-boy se laisse tomber sur son dos, et les "vaqueros" ouvrent la barrière. Nous arrivons juste à temps pour une des épreuves les plus difficiles : le saut de mouton. Le cavalier doit tenir un maximum de temps sur un cheval sauvage qui essaie de le jeter à terre. Tiens... mais c'est Pete Miller !... Il est du tonnerre. Regarde bien ! »

Lisa fascinée vit la porte du couloir numéro quatre s'ouvrir et un alezan fougueux jaillir dans l'arène. Le cow-boy enserrait étroitement entre ses jambes le dos de l'animal, dont il aiguillonnait les flancs musclés avec ses éperons. Il lança un bras en l'air et rétablit son équilibre. Le cheval furieux s'emballa et fit un haut-le-corps en envoyant ses pattes postérieures très haut. Le martèlement des sabots fit gicler la terre.

« Ouah ! s'écria Ben admiratif, quelle chevauchée ! »

Moins de dix secondes plus tard tout était terminé. Un cavalier, en jean et et chemise de satin bleu, arriva au galop jusqu'au côté du cheval sauvage, et Pete Miller sauta avec aisance sur la seconde monture. Puis un troisième homme reconduisit le cheval sauvage dans son corral.

« Tu as vu ? C'est un véritable champion ! commenta Ben. Tu comprends bien les règles maintenant ? Le cavalier doit rester sur sa monture huit secondes en n'utilisant qu'une main. Si jamais il touche la bête avec sa main libre, il est disqualifié.

— Comment décide-t-on du gagnant ? demanda Lisa intriguée.

— Eh bien, tu sais, on juge à la fois le cavalier et le cheval, répondit-il en riant. Plus l'animal que tu réussis à dompter est sauvage, plus tu récoltes de points. Le plus difficile est de deviner le moment précis où tu dois donner des coups d'éperon pendant que l'animal essaie de te jeter à terre.

— Mais c'est impossible !

— Si, mais ça demande une drôle d'expérience, et c'est beaucoup plus dangereux qu'une corrida. »

Lisa découvrit qu'un rodéo était bien plus qu'une épreuve d'équitation. C'était une véritable fête populaire. Un clown fit même son entrée dans l'arène, coiffé d'un énorme sombrero et vêtu d'une cape bariolée qu'il agitait dans tous les sens. Il se mit à faire le pitre devant des bœufs furieux.

« Tu as sans doute l'impression que Jake ne fait que des singeries, mais il a un sacré boulot, une responsabilité terrible. Il doit détourner l'attention du bœuf quand un cavalier tombe, commenta Ben. Alors en fait il faut un drôle de cran ; c'est un véritable expert.

— Comment se fait-il que tu en saches autant sur les rodéos ? s'étonna Lisa. Tu connais les noms de presque tous les exécutants ! »

Ben lui tendit un autre hot dog avec un sourire malicieux.

« J'ai participé à des rodéos l'été dernier, répondit-il. Et de temps en temps l'envie me reprend... Mon petit frère se présente au concours du lasso dans quelques semaines, et je l'aide à s'entraîner. »

Lisa n'avait jamais imaginé Ben en dehors de son rôle d'homme à tout faire du Yacht Club, et là il apparaissait sous un jour différent. Elle l'observa un moment pendant qu'il savourait le numéro suivant. Il était détendu, heureux, il était dans son univers.

Le rodéo terminé, Ben conduisit Lisa vers l'allée centrale du parc d'attraction où les lumières de la fête foraine projetaient un halo multicolore dans l'opacité de la nuit.

« Ça te dirait ? » demanda Ben en s'arrêtant devant la grande roue.

Elle leva les yeux sur le cercle scintillant qui tournoyait dans le vide et éclata d'un rire nerveux. Elle mourait d'envie d'essayer, mais elle avait un peu le trac.

« De ma vie je ne suis jamais montée sur la grande roue !

— Quoi ? » s'exclama-t-il stupéfait. Il acheta aussitôt des tickets. « Et maintenant, tu vas aussi me dire que tu n'es jamais allée sur les montagnes russes ! Ça m'étonne pour une gosse de riche...

— Maman n'est pas riche », s'empressat-elle de répondre. Ils pénétrèrent dans la cabine ballottante. « Et tu ne serais jamais monté sur un voilier sans moi. Alors, lequel des deux a raté le plus de choses ?

— Bon, nous sommes quittes ! » admit Ben, jovial. Le préposé bloqua le garde-fou et la cabine s'éleva lentement. « Mais si tu n'es pas riche, comment peux-tu payer l'abonnement au club nautique ?

— Après son divorce, papa m'en a offert un pour une durée de cinq ans. Il avait envie que je fasse de la voile, il trouvait que c'était un bon sport. » Une pénible sensation l'envahit. C'était encore très dur de parler de la séparation de ses parents. Elle poursuivit d'une voix émue : « Et peut-être se sentait-il un peu coupable, alors il a voulu faire quelque chose pour moi... remarque, ça ne lui demandait pas trop d'efforts... » Lisa n'en dit pas davantage. Depuis le divorce, elle s'était juré de ne jamais parler de son père.

Ben resta quelques secondes silencieux. « Je savais bien que tu étais différente de cette... bande.

— Quelle bande ?

— Les "Dauphins", plaisanta-t-il. Maintenant tais-toi et essaie d'en profiter ! »

Tandis qu'ils arrivaient tout en haut, la roue s'arrêta pour laisser monter deux autres passagers. Lisa frissonna.

« Tu as froid ? demanda Ben en passant son bras autour de ses épaules.

— Un peu. »

Elle sentit dans son cou le contact chaud et douillet de sa peau. Elle frissonna à nouveau, mais pas de froid. Discrètement, elle observa Ben. La ligne carrée de sa mâchoire conférait à son visage une fierté et une maturité extraordinaires. Sa chevelure sombre descendait en légères cascades sur le col blanc de sa chemise. Il se retourna et surprit son regard. Il eut un petit rire.

« Tu t'amuses ? » demanda-t-il doucement.

En bas la fête ruisselait de feux multicolores, on aurait dit un jardin dont les fleurs étaient des lumières chatoyantes. Au-dessus de leur tête, les étoiles avaient suspendu leur éclat au rideau de velours noir du ciel.

« Oh oui ! » répondit Lisa. Mais elle ne pouvait dire si c'était le rodéo, la grande roue ou la proximité de Ben qui la plongeait dans une telle exaltation.

Quand Ben raccompagna Lisa, Mme Woods était encore éveillée. Assise à la table du salon, elle mettait à jour son livre de comptes. Après les présentations d'usage, Lisa les quitta un moment pour aller préparer une cruche de thé glacé et une énorme assiette de biscuits. Elle les retrouva en grande conversation. Mme Woods tourna la tête vers sa fille, un sourire radieux sur les lèvres.

« Lisa chérie, Ben connaît quelqu'un qui pourrait me donner un coup de main pour le barbecue de la régate ! »

· La semaine précédente le président du club avait en effet convoqué Mme Woods pour lui demander de s'occuper de toute la restauration et du service de la fête qui clôturerait la première journée des courses. Le fournisseur habituel venait à peine de se désister et le club était pris de court.

Ben sourit à son tour.

« Je crois que j'ai la fille qu'il vous faut. Elle travaille dur et adore le contact du public. Tout le monde l'aime. Elle est drôlement mignonne aussi, ajouta-t-il presque timidement.

— J'ai hâte de la connaître. Dites-lui de me téléphoner dès que possible. »

Lisa et Ben prirent congé de Mme Woods et emportèrent le thé et les biscuits sur la véranda. Ils s'assirent sur la balancelle, dans la douce obscurité de la nuit. Lisa ne put s'empêcher de repenser à sa dernière soirée avec Jeff qui s'était terminée si tristement à cet endroit même.

« A quoi penses-tu ? demanda Ben en lui prenant tendrement la main.

— Aux "Têtards" et aux "Dauphins", répondit-elle évasive.

— J'y ai un peu réfléchi de mon côté. Je crois avoir une petite idée qui pourrait arranger les deux équipes. »

Lisa se raidit et tenta de retirer sa main, mais Ben la retint fermement. Il se tourna vers elle, et son beau visage se profila dans la lumière.

« Attends, Lisa. Personne ne veut te forcer à agir contre ton gré. Mais tu devrais au moins écouter ma proposition.

— D'accord, répliqua-t-elle nerveuse.

— Si j'ai bien compris, Jeff attend beaucoup de concurrents pour la régate, et ils ne peuvent pas mettre toutes les embarcations dans leur petit bassin. Celui des "Têtards" est très proche de la ligne de départ de la course. La meilleure solution serait de pouvoir le partager avec les "Dauphins". »

Lisa dégagea sa main d'un coup sec.

« Ah, je comprends ! C'est Jeff qui t'envoie ! C'est lui qui t'a suggéré de me sortir ce soir avant d'essayer de me fourrer cette idée dans la tête ! Il devrait savoir que ça ne marche pas ! » s'écria-t-elle furieuse.

Ben la dévisagea.

« Lisa, tu sais pourtant que je n'obéis ni à Jeff Freeman, ni à personne. Mais il me semble évident que le bassin des "Têtards" est l'endroit idéal pour faire partir les petits voiliers dont les "Dauphins" auront la charge. Franchement, Jeff et toi vous réagissez comme un couple d'enfants gâtés. Je ne sais pas quel est votre problème, mais si vous n'arrivez pas à le résoudre, vous serez responsables d'une confusion inutile, et peut-être même d'accidents au cours de la régate. »

Lisa avait le cœur brisé. Jeff d'abord, puis le président du club, et maintenant Ben ! Ils tenaient tous le même raisonnement. Personne ne la comprenait !

« Mais il n'y a pas de place ! protesta-t-elle avec véhémence. Va donc te rendre compte par toi-même. Tu verras bien qu'on a à peine de quoi amarrer dix bateaux, alors tu imagines les soixante-quinze voiliers de la régate ? Même s'ils ne partent pas tous en même temps ! »

Ben posa gentiment sa main sur son bras.

« Pourrais-tu me laisser finir ?

— Oui, vas-y, répondit-elle sombrement.

— On pourrait retirer les planches sur lesquelles tu ranges les petits voiliers des "Têtards", et qui prennent beaucoup de place. On les installerait sur le rivage, ce qui nous permettrait d'allonger l'appontement d'au moins quinze mètres. Jeff pourra alors faire partir tous ses voiliers et toi les cinq embarcations que tu voulais utiliser pour ta démonstration. Après la régate, les deux équipes pourront profiter de l'agrandissement, et se rapprocher un peu... tu demanderas par exemple aux "Dauphins" de t'aider pour certaines leçons. » Il fit une pause. « Alors, n'est-ce pas raisonnable ? »

Lisa réfléchit un long moment. La proposition de Ben était sensée. Il y avait assez de place pour allonger l'appontement. Mais il restait encore un obstacle majeur, qui n'avait rien à voir avec les problèmes matériels, ni avec une prétendue jalousie comme le croyait le président. Non, le problème c'était Jeff et les « Dauphins », leur attitude condescendante vis-à-vis des « Têtards ». Elle secoua la tête.

« Ça ne marchera pas, Ben. Il y a des choses que tu ignores. Les "Dauphins" ont des idées très étroites sur la compétition. Depuis que je les ai quittés pour enseigner, ils ne m'ont pas adressé la parole — enfin... à part la fois où Jeff a voulu m'embobiner avec son "arrangement". Ne comprends-tu pas qu'ils refusent de coopérer !

— Je me rends très bien compte que vous avez des petits problèmes, répondit-il d'une voix grave. Et je sais aussi que Jeff et toi étiez très liés. Mais tu ne peux pas laisser tes sentiments personnels gâcher les chances d'un accord qui serait de l'intérêt général. Peut-être que tu aimes encore Jeff, je sais que tu souffres en tout cas, mais essaie de voir les choses avec plus d'objectivité. » Il se leva et aida Lisa à en faire autant. « Je ne désire que ton bien, et je sais que tu as tout intérêt à régler ton différend avec Jeff, quelle que soit la difficulté que ça représente. » Il posa ses mains sur les épaules de Lisa et la regarda droit dans les yeux. « Ne dis pas non, je t'en prie. Tu vas réfléchir, ensuite tu téléphoneras à Jeff pour lui demander de t'aider à modifier l'appontement. »

Les yeux de Ben s'illuminèrent d'un éclat nouveau qui fit battre le cœur de Lisa. Elle frissonna et détourna la tête. Pourquoi l'écoutait-elle ? N'avait-elle pas reçu une bonne leçon avec Jeff ? Elle avait appris à ne pas se laisser dominer ?

« Lisa, tu n'es pas une fille comme les autres », murmura-t-il.

Il se pencha et l'embrassa. Le contact de ses lèvres tièdes fit déferler une vague de bonheur dans tout son corps. Tremblante, elle se réfugia dans la chaleur de ses bras. Leur baiser sembla durer une éternité. Puis il attira doucement son visage contre son épaule.

« Tu es unique », chuchota-t-il en lui caressant longuement les cheveux.

10

*L*isa passa le reste de la
nuit et toute la matinée suivante à repenser
aux paroles de Ben : « Deux enfants gâtés »,
avait-il déclaré. Jeff était en effet un garçon
gâté et puéril, mais elle ? Comment Ben pouvait-il la juger ainsi ? Elle avait accepté un
poste avec de lourdes responsabilités pour
aider le club, et elle avait mené à bien le nouveau projet grâce à son travail acharné et à
son amour pour les enfants. Elle y avait
gagné une expérience terriblement enrichis-
sante. La remarque de Ben était totalement
injuste !

Il était près de onze heures, et Lisa avait
rendez-vous à midi sur la jetée, avec les

« Têtards ». Encore préoccupée, elle se servit un verre de limonade qu'elle alla boire sur la balancelle.

A l'ouest, le ciel s'assombrissait et d'épais nuages annonçaient l'arrivée d'un orage. Les paroles de Ben lui revenaient sans cesse en mémoire mais plus troublant encore était le souvenir du contact de Ben, de son baiser. Elle n'avait eu aucune intention d'avoir des rapports intimes avec lui. Elle admirait son naturel avec les enfants, ses multiples talents, son aisance, son intelligence, mais il était si différent de tous les gens qu'elle fréquentait. Et c'est cela même qui la rendait nerveuse. Rester avec Ben, c'était remettre en question toute une année de vie au Texas, ses efforts pour être admise dans le cercle exclusif des « Dauphins », son désintérêt volontaire pour les jeunes de l'extérieur, les courses et surtout son combat pour garder la séparation actuelle entre les deux équipes. Lisa repoussa la balancelle d'un air distrait. Qu'est-ce qui l'attirait à ce point chez Ben ?

« *Deux enfants gâtés...* » se répétait-elle. Quelques minutes plus tard, elle poussa un long soupir et se dirigea vers le téléphone. Elle appréhendait le moment où elle entendrait la voix de Jeff, autrefois si amicale.

« Allô, Jeff ? Tu as une minute, je voudrais te parler.

— Sûr, répliqua-t-il en étouffant un bâille-
ment (il venait sans doute de se réveiller).
Que se passe-t-il ?

— J'ai réfléchi au problème du bassin
pour la régate... » « *Inutile de mentionner
Ben, ça ne ferait qu'envenimer les choses* », se
dit-elle. « C'est vrai que vous n'avez pas
assez de place et je crois qu'on va pouvoir
s'arranger.

— Ah bon ? s'exclama Jeff avec un
enthousiasme mêlé d'incrédulité.

— On pourrait retirer les planches de
l'aire de mouillage des "Têtards" et
construire un nouvel appontement qui irait
jusqu'à l'aire de départ des courses. Ça vous
procurerait un espace important. » Elle prit
une bonne inspiration et ajouta : « Qu'en
penses-tu ? »

Il y eut un long silence au bout duquel Jeff
répondit :

« Lisa, je ne sais vraiment pas comment te
remercier. Tu nous ôtes une sacrée épine du
pied. Je veillerai à ce que tout le monde
sache que l'idée vient de toi. » Sa voix chaleureuse avait enfin retrouvé son intonation
familière. « Ça les fera changer d'avis sur
beaucoup de choses... »

Émue, Lisa serra très fort le combiné :

« Bien sûr il y a un hic, dit-elle en essayant
de ne pas laisser transparaître sa joie. Quel-

les sont tes compétences en matière de char-
penterie ? Nous allons avoir plein de choses
à construire en une semaine.

— Rendez-vous au lac dans une heure. J'y
serai avec le groupe, s'empressa-t-il de
répondre. Tu vas voir, nous sommes de vrais
chefs ! »

Quand Lisa arriva, ils étaient déjà tous là,
à discuter avec animation. Certains indiquaient l'endroit où devait être construit le
nouvel appontement. Jeff leva la main pour
établir le silence.

« Une minute, s'il vous plaît ! Nous sommes *invités* sur le bassin des "Têtards". Alors
tout le monde se calme, O.K. ? Lisa, par
quoi faut-il commencer ? »

Et avec son sourire irrésistible il l'entraîna
au centre du groupe.

« Eh bien ! peut-être par obtenir la per-
mission du club, puis si tout se passe bien
nous demanderons à Ben de nous aider à
dresser les plans. C'est lui qui est responsable de la rénovation du matériel et des
locaux pour l'équipe des "Têtards".

— Ben ? s'étonna Jeff. Qui est-ce ? »

Gary lui adressa un sourire moqueur.

« Tu sais, le drôle de type avec le chapeau
de cow-boy...

— Ah oui ! Bon, enfin nous n'allons pas
refuser d'aide, d'où qu'elle vienne. »

Lisa observait le groupe. Ils écoutaient avec attention et échangeaient des sourires de satisfaction. Elle ressentit soudain une merveilleuse impression de triomphe. Ravie, elle se tourna vers Jeff et déclara :

« Je suis heureuse que nous ayons trouvé un moyen de rapprocher nos deux équipes. »

Mindy et Gary se chargèrent de la leçon suivante, pour permettre à Lisa et Jeff d'aller voir le président du club. L'entrevue eut lieu sur la terrasse.

« Nous allons transférer les planches près des arbres, expliqua Lisa, et prolonger l'appontement de presque quinze mètres le long du rivage. Ça nous donnera plus d'espace pour la régate.

— Et après ? » s'enquit le président.

Jeff lança un coup d'œil à Lisa.

« Nous aimerions continuer à utiliser le nouvel espace de temps en temps, répondit-il avec détermination. Enfin... si Lisa n'y voit pas d'inconvénient.

— Si tout se passe bien pendant la régate, il n'y aura aucun problème, dit-elle.

— Parfait ! s'exclama le président. A présent pourquoi n'iriez-vous pas rejoindre Ben pour dresser les plans avant de commencer ? Avec lui vous êtes entre de bonnes mains, pas question de faire du travail bâclé en un après-midi.

— Compris, monsieur, promit Jeff. Vous pouvez nous faire confiance ! »

Ils trouvèrent Ben en train de bricoler dans le bassin de réparation. Lisa remarqua le contraste entre les deux garçons. Ben était vêtu de son éternel blue-jean délavé et rapiécé aux genoux et d'un T-shirt blanc maculé de peinture. Des gouttes de sueur coulaient sur son visage poussiéreux. Jeff, lui, portait un short blanc amidonné, impeccable, avec une bande rouge sur les côtés, et un T-shirt rouge tout neuf. Ben les accueillit chaleureusement.

« Vous vous êtes rabibochés ! » s'exclama-t-il sur un ton enjoué.

Jeff passa son bras autour des épaules de Lisa.

« Je crois que nous sommes sur la bonne voie, répondit-il en souriant. Un vrai travail d'équipe. »

Lisa évita le regard de Ben. Elle se sentait coupable de s'être attribué la paternité du plan.

« C'était... c'était surtout l'idée de Ben, bégaya-t-elle. C'est lui qui a suggéré de prolonger l'aire de mouillage. »

Surpris, Jeff les regarda l'un après l'autre.

« Peu importe qui a eu cette idée. Ce qui compte c'est de nous dépêcher, dit-il enfin. Ben, essayons de dresser un plan pour voir les matériaux à acheter. »

Ils passèrent le restant de l'après-midi à mesurer, dessiner, redessiner jusqu'à ce qu'ils soient satisfaits du résultat. Le club ayant approuvé leur proposition, Ben et Jeff se rendirent sans plus tarder chez le fournisseur de bois. Ils revinrent peu après avec tout le matériel nécessaire.

Ben montra à tout le monde comment traiter les pieux qui serviraient de support à l'appontement et comment préparer les coffrages de carton pour le béton.

« Demain je louerai une bétonnière, leur expliqua-t-il. Ensuite nous coulerons le béton dans les coffrages, et une fois qu'il sera durci nous pourrons les immerger dans le lac. Nous aurons ainsi les piliers sur lesquels nous construirons la charpente de l'appontement.

— Mais nous n'aurons jamais fini à temps ! s'inquiéta Gary.

— Pas de problème, Gary, répondit Ben avec assurance. Le boulot ne manquera pas, mais nous y arriverons. Il y a déjà beaucoup à faire avant de commencer la construction. Tiens par exemple, pendant que nous préparons les moules de carton, tu pourrais pren-

115

dre une petite équipe avec toi pour déménager les étagères. »

Les jours suivants, ils travaillèrent tous d'arrache-pied. Jeff venait chercher Lisa le matin à huit heures et elle donnait un coup de main aux « Dauphins » jusqu'à midi. A une heure, les enfants arrivaient pour la série de répétitions supplémentaires qu'elle avait organisées afin que leur démonstration soit absolument parfaite, la séance s'achevait à quatre heures. Les « Dauphins » terminaient à peu près en même temps leur séance d'entraînement et Jeff la raccompagnait chez elle.

De nouveaux rapports s'établirent entre Jeff et Lisa, et ils retrouvèrent peu à peu leur intimité d'autrefois. Mais un après-midi, alors qu'ils arrivaient devant chez Lisa, Jeff lui prit soudain la main.

« Tu sais, Lisa, je suis heureux que les choses se soient arrangées, murmura-t-il tendrement. Tu as eu raison de rester avec les "Têtards"... et ton idée d'extension est géniale. Est-ce que nous pouvons oublier ce qui s'est passé et... sortir à nouveau ensemble ? »

Le cœur de Lisa fit un bond. Jeff voulait renouer leur ancienne liaison ! Elle était comblée, elle avait enfin tout ce dont elle rêvait : Jeff, son travail, ses amis. Mais l'image troublante de Ben vint jeter une ombre dans son esprit. Il était entré dans sa vie et avait pris une place importante. Lisa s'empressa de refouler cette pensée importune pour profiter de ce moment de réconciliation.

« Essayons, Jeff », répondit-elle.

Jeff l'attira dans ses bras et posa sur ses lèvres un long et doux baiser qui la laissa tremblante.

« Ça te dirait d'aller au cinéma demain soir ? » lui souffla-t-il dans l'oreille.

Lisa frissonna puis s'écarta légèrement et leva les yeux vers lui.

« Bien sûr ! Oh ! Jeff, je suis si contente d'être avec toi ! »

Lisa rentra chez elle en courant ; elle était si heureuse qu'elle avait l'impression de voler.

Les travaux d'agrandissement furent achevés le jeudi. Pour fêter l'événement les « Dauphins » décidèrent de sauter l'entraînement et d'aller nager à Paleface Park. Lisa ne put les suivre à cause de son cours de l'après-midi.

Ce fut une séance très difficile, dont elle ressortit exténuée. Mais c'était une très belle soirée, le soleil couchant projetait un incendie doré sur les eaux paisibles du lac. Émerveillée, Lisa resta un long moment sur la jetée, devant cette vision dont elle ne se lassait jamais, dans le silence et la solitude.

Depuis qu'elle ressortait avec Jeff, ses journées et ses soirées étaient entièrement prises, et elle n'avait guère l'occasion de penser à autre chose qu'à ses activités dans le club.

Une ombre s'avança tout à coup et elle leva brusquement la tête. C'était Ben, une canne à pêche dans la main, son chapeau de cow-boy bien en arrière sur son crâne. Il s'accroupit à côté d'elle et contempla les eaux unies du lac sans rien dire.

« C'est beau », murmura-t-il enfin.

Lisa poussa un soupir.

« J'adore le coucher du soleil sur le lac, les soirées sont si agréables...

— Pourtant, tu n'en passes plus beaucoup ici », remarqua-t-il.

Il attacha un minuscule appât à sa ligne qu'il envoya ensuite d'un coup sec dans l'eau.

Lisa l'observa à la dérobée. Il avait l'air beaucoup plus mûr que tous les garçons de sa connaissance. Elle se souvint de son baiser et de la chaleur de ses bras et détourna aussitôt la tête en frissonnant. Ça n'avait été qu'un... interlude en attendant le retour de Jeff. Elle avait pu être attirée pas-

sagèrement par Ben, mais son cœur appartenait à Jeff.

« C'est vrai, reconnut Lisa, je passe presque tout mon temps avec les "Dauphins". »

Il tira d'un petit coup sec sur sa ligne.

« C'est Jeff qui accapare toutes tes
soirées ?

— Oui. » Il y eut quelques minutes de
silence puis elle ajouta : « Je sais que sans toi
rien de cela n'aurait été possible. C'est grâce
à ton idée que nous nous sommes réconciliés. Je... je voudrais que tu saches à quel
point je t'en suis reconnaissante.

— Je n'ai pas besoin de remerciements,
répliqua-t-il sur un ton bourru en évitant
son regard. A moins que tu n'acceptes d'aller au rodéo avec moi. J'aimerais te montrer
quelque chose.

— Oh non, Ben ! Pas ce soir, je suis
déjà prise ! » s'exclama-t-elle, sincèrement
désolée.

Soudain, la ligne de Ben se courba, et il
tourna le moulinet à toute vitesse.

« Bien... dommage, répondit-il sans la
regarder. Enfin, du moment que tu es heureuse... » L'hameçon pendouillait dans le
vide quand il remonta la ligne. Il poussa un
soupir : « Encore loupé ! » Il se releva et
ajouta : « En tout cas si tu as besoin d'aide

samedi pour la régate, tu peux compter sur moi. » Et il s'en alla sans se retourner.

Ce soir-là, après le film, Lisa retrouva avec plaisir chez Maxwell tous les copains regroupés autour de leur table habituelle. Ils firent aussitôt une place au couple.

« Vous êtes allés au cinéma ? » demanda Gary.

Jeff approuva d'un signe de tête.

« Comme tous les jeudis soir, répondit-il avec un clin d'œil à Lisa pour bien montrer aux autres qu'il y avait quelque chose de spécial entre eux.

— Eh bien, Gary et moi avions décidé de changer pour une fois ! s'écria joyeusement Mindy. La routine, ça devient ennuyeux.

— Alors, où êtes-vous allés ? » s'enquit Lisa par pure politesse.

Depuis qu'elle avait retrouvé Jeff, Mindy sortait de nouveau avec Gary.

« Au rodéo de Caldwell County ! Et devine qui nous avons vu ?

— Qui ? » demanda Jeff intrigué. Il fit signe à la serveuse. « Deux glaces au chocolat avec plein de Chantilly et des noisettes s'il vous plaît !

— Le vieux copain de Lisa ! Figurez-vous qu'il était la vedette de la soirée, annonça Mindy d'un air pédant. Il a gagné le concours le plus difficile.

— C'est vrai ? s'exclama Jeff admiratif. Je ne savais pas qu'il s'y connaissait en chevaux. » Il se tourna vers Lisa : « Et toi ? »

La soirée merveilleuse qu'elle avait passée en compagnie de Ben lui revint comme un flash.

« Oui, je savais... Et... est-ce qu'il est tombé ?

— Eh bien, non ! Et il a même tenu plus longtemps que tous les autres concurrents. Mais je crois qu'il montait un cheval facile. En tout cas, son chapeau de cow-boy est resté sur sa tête ! »

Gary éclata de rire.

« Tu te trompes ! C'est Ben qui est très fort. Enfin, ça nous a fait un super-changement, ajouta-t-il à l'adresse de Jeff. Nous devrions y aller plus souvent, au lieu de passer notre temps au lac et...

— O.K., O.K., coupa Jeff impatient. Parlons de choses plus importantes. »

Le restant de la soirée, Jeff et Gary discutèrent du programme de la régate pendant que Mindy parlait à Lisa de son cousin de Houston qui venait de se marier. Mais Lisa n'écoutait plus. Dans sa tête se profilait la silhouette d'un garçon avec un chapeau noir, chevauchant un cheval sauvage.

11

*L*e jour J arriva enfin. C'était une belle matinée ; le ciel d'azur répandait une clarté vivifiante sur le paysage, et une bonne brise soufflait. Le temps idéal pour une régate.

Surexcitée, Lisa se leva très tôt, impatiente d'aller mettre la touche finale à la préparation des « Têtards ». Avant l'arrivée des enfants, elle devait s'assurer que rien ne manquait.

A huit heures précises la voiture de Jeff s'engagea dans l'allée.

« Prête ? » cria-t-il après avoir fait résonner son klaxon.

La banquette arrière était recouverte d'une montagne de gilets de sauvetage et de voiles de rechange.

Elle ouvrit la fenêtre et s'écria :

« Une minute ! »

Nerveusement, elle se donna un dernier coup de peigne et sourit à son reflet dans le miroir. Les heures qu'elle avait passées cet été à travailler au grand air avaient bruni sa peau et doré sa chevelure. Elle avait dépensé tant d'énergie qu'elle avait beaucoup minci. Et pour la première fois de sa vie, Lisa se trouvait au-dessus de la moyenne.

Elle se rua vers la cuisine où sa mère, debout depuis l'aube, consultait pour la centième fois une longue liste.

« Des marguerites, marmonnait-elle, des tabliers pour les aides, deux boîtes de sacs poubelle, une bouteille de... » Elle s'interrompit et regarda Lisa. « Oh, chérie, comme tu es belle ce matin ! s'exclama-t-elle. Alors, prête pour le grand jour ?

— Prête ! répondit joyeusement Lisa en prenant au passage deux beignets dans la boîte sur le buffet. Et toi ?

— J'espère ! Je suis certaine d'oublier quelque chose, mais je ne sais pas quoi ! Enfin, c'est inévitable avec une commande de cette ampleur... Chérie, je suppose que tu seras trop occupée pour m'aider ? »

Lisa se rembrunit.

« Tu es à court de personnel pour ce soir ? »

Elle avait travaillé si dur pour ce grand jour qu'elle avait prévu de se détendre et de faire la fête avec Jeff et les autres à la fin de la journée.

Mme Woods agita la main.

« Non, non, chérie. Je suis certaine que nous nous passerons très bien de toi. Mais viens quand même nous donner un petit bonjour, ajouta-t-elle. Tu me reconnaîtras facilement, j'aurai un gros couteau pour couper la viande. »

Lisa rit de bon cœur et donna un rapide baiser à sa mère.

« O.K., maman, à ce soir ! »

Jeff attendait devant la voiture. Il semblait très énervé.

« Encore un peu et je venais t'enlever de force, plaisanta-t-il sur un ton faussement enjoué. Nous sommes en retard.

— Désolée, répondit-elle en lui offrant un beignet. Je discutais avec maman. Tu sais, elle va avoir un drôle de boulot avec le barbecue ce soir. »

Jeff lui jeta un regard inquiet, tandis qu'il mettait le moteur en marche :

« Tu ne vas quand même pas l'aider, hein ? Je croyais que nous devions passer la soirée ensemble. Nous nous éclipserons avant la remise des trophées, et nous irons voir un film à Centreville, avec deux ou trois copains...

— Mais Jeff ! Tu sais bien que je ne peux pas rater la remise des trophées, protesta Lisa. Les "Têtards" vont recevoir leurs diplômes, il faut que j'y sois ! De toute façon, ne devras-tu pas assister toi aussi à la présentation des vainqueurs du premier jour ?

— Oui, sans doute », admit-il avec une pointe de regret. Il la dévisagea soudain avec un intérêt nouveau : « Hé ! Tu sais que tu es superbe aujourd'hui ? Êtes-vous libre ce soir, mademoiselle ?

— Imbécile ! »

Lisa lui donna une petite tape sur le bras, en pouffant de rire, puis elle s'adossa contre la banquette moelleuse. Ça allait être une journée du tonnerre.

Les enfants arrivèrent vers midi pour tout préparer. Chacun avait une tâche particulière, et Lisa supervisait le tout, ce qui n'était pas une mince affaire. Trois des enfants, agenouillés sur le quai, découpaient des bannières dans du vinyle de couleur que deux autres attachaient ensuite aux têtes de mât des voiliers. Un autre petit groupe, dans une barque, disposait des bouées flottantes çà et là pour baliser le parcours de la démonstration. D'autres encore, sur le patio du pavillon du club, étaient chargés du stand de biscuits.

Du rivage, Lisa dirigeait à l'aide d'un mégaphone le petit groupe sur la barque, sans pour autant perdre de vue celui des coupeurs de banderoles. Un petit garçon agitait une paire de ciseaux en menaçant Pam de lui raser la tête. A ce moment précis, Sam déboucha en trombe du patio, en hurlant qu'ils avaient besoin d'aide au stand des biscuits.

Lisa poussa un soupir. La régate n'avait même pas commencé, et elle était épuisée. De toute façon, quoi qu'il arrive au cours de la démonstration, les longues heures de travail acharné n'avaient pas été vaines. Les « Têtards » s'y étaient donnés à fond. Ben avait raison, la chose principale dans l'enseignement n'était pas ce que les enfants apprenaient à faire, mais la confiance, l'assurance qu'ils gagnaient. Et, à en juger par leur attitude, aujourd'hui, Lisa avait atteint son but. Les « Têtards » s'affairaient bruyamment et joyeusement, fiers de leurs responsabilités.

Sur le nouveau ponton en bois, les « Dauphins » avaient aussi fort à faire.

« Il va y avoir au moins quatre-vingts bateaux sur le lac ce week-end », annonça

Gary à Jeff d'une voix angoissée. Encore heureux qu'ils ne soient pas tous de la même catégorie. Nous n'aurions jamais pu les faire partir en même temps. »

Cependant la circulation des bateaux était si dense dans la baie que Lisa commença à s'inquiéter pour les gosses sur la petite barque.

« Hé, Tod ! Dépêche-toi de rentrer ! » hurla-t-elle.

Ils eurent beaucoup de mal à faire demi-tour, et Lisa craignit l'arrivée subite d'un voilier rapide — l'accident aurait été terrible. Heureusement, tout se passa bien.

La démonstration des « Têtards » était programmée pour deux heures, mais dans le bassin à ce moment-là régnait un terrible désordre. Les plus grands voiliers avaient été gréés à l'autre extrémité de la baie, mais leurs chefs de bord, semblant ignorer totalement les bouées des « Têtards », prenaient des raccourcis en traversant leur parcours. Les « Dauphins » étaient eux aussi débordés, leur bassin était si encombré que les concurrents énervés se mettaient à gréer leurs voiliers sur le quai des « Têtards ».

En désespoir de cause, Lisa appela Jeff.

« Jeff ! Je t'en supplie, fais quelque chose. C'est vraiment trop dangereux. Et regarde maintenant, on a en plus les arrivants des premières courses. Il faut que tu leur dises d'aller ailleurs pour nous faire de la place. »

Jeff la toisa d'un air furieux.

« Je sais bien qu'il y a un problème, pas la peine de le dire ! Tu n'as qu'à patienter un peu.

— Vous pourriez au moins demander aux bateaux qui arrivent de se rapprocher les uns des autres pour nous permettre de mettre les nôtres à l'eau !

— Écoute, Lisa, s'énerva Jeff, la prochaine course est plus importante que ta démonstration. Je serai ravi de t'aider quand nous aurons fait partir tous les concurrents.

— Ah non, pas question ! Ne peux-tu pas dire aux "Fireballs" de se rapprocher ? » insista-t-elle.

Les yeux de Jeff lancèrent des éclairs.

« O.K., murmura-t-il en faisant demi-tour, mais je ne te promets rien. »

Les quelques instructions qu'il donna à Gary et Louise améliorèrent un peu la situation. Mais Lisa se rendait compte qu'elle ne pourrait pas commencer avant une bonne demi-heure. Elle jeta un coup d'œil irrité à sa montre. Les enfants attendaient, impatients, leur gilet de sauvetage sur le dos, rangés en petits groupes devant leurs bateaux. Plus d'une vingtaine de spectateurs, pour la plupart parents et membres du club, étaient alignés sur le patio et la terrasse du pavillon, les jumelles sur le nez. Mais en raison de l'incompétence de Jeff, les choses allaient de mal en pis.

« Un problème ? »

Lisa se retourna brusquement, repoussant d'un revers de la main une mèche mouillée. C'était Ben, avec son flegme et son assurance habituels. A sa vue, elle fut envahie d'un énorme soulagement.

« Oui et même un très gros, répondit-elle en essayant de garder son calme. Les "Dauphins" ont envahi tout le bassin en dépit de notre accord. Ils ne lèvent même pas le petit doigt pour m'aider, au contraire ils...

— Hé ! Calme-toi, coupa Ben avec douceur. Pourquoi ne pas faire partir tes bateaux de l'ancienne aire de lancement ? Ça prendra à peine une minute et les enfants pourront y porter leurs embarcations aussi facilement que sur le quai habituel.

— Mais Jeff était d'accord pour... » commença Lisa.

Ben lui attrapa le bras avec fermeté.

« Écoute, Lisa, Jeff est débordé, alors l'accord dont tu parles n'a pas beaucoup de sens à cette minute précise. Il serait bien plus intelligent de trouver une autre solution que demander à Jeff de tenir une promesse impossible. Voyons si nous pouvons nous débrouiller. »

La suggestion de Ben se révéla brillante, et un quart d'heure plus tard l'entière flotte des « Têtards » était à l'eau, leurs bannières multicolores claquant joyeusement au vent.

Tod et Lisa avaient arrangé le parcours de sorte que les enfants puissent démontrer l'étendue de leurs capacités. Ils accomplirent des virements de bord, des départs de courses et de multiples opérations avec les voiles.

Du rivage Lisa criait les ordres dans son mégaphone. Tout marchait à merveille, les enfants se surpassaient. A plusieurs reprises elle jeta un coup d'œil vers les « Dauphins », espérant que Jeff regarderait un peu de son côté, mais il était toujours plongé dans de grandes discussions.

La démonstration terminée, les enfants eurent du mal à remonter leurs bateaux sur la berge. Heureusement Ben était là. Il n'hésita pas à entrer dans l'eau jusqu'à la ceinture pour les aider.

Tod fut le premier rentré.

« On a été supers, hein, Lisa ? lança-t-il enthousiaste. Tu nous as vus hisser le spinnaker sans même une torsade ?

— C'était merveilleux », répondit Lisa.

Une fois les voiliers à sec, Ben retourna à côté de Lisa.

« Bravo, tu as fait un boulot fantastique. Il y a trois semaines je n'aurais pas parié un centime sur tes chances de transformer ces petits monstres en marins ! »

Lisa rougit de plaisir.

« Merci, Ben », murmura-t-elle.

Elle regarda à nouveau en direction de Jeff, mais il ne tournait toujours pas la tête.

Avec l'aide de Ben, il ne fallut pas plus d'une heure pour tout ranger. Puis Lisa s'empressa d'aller voir comment marchait le stand des biscuits. La démonstration avait été un succès époustouflant, mais Lisa n'était pas vraiment heureuse. Mais que se passait-il donc ? Ne venait-elle pas de voir tout son travail récompensé ? En dépit des problèmes initiaux, tout s'était passé comme dans un rêve. Et puis, elle avait enfin des amis ; depuis la construction du nouvel appartement, les « Dauphins » ne la snobaient plus, et surtout elle avait Jeff.

Cependant il l'avait déçue, il s'était montré si égoïste. Lisa remercia le ciel d'avoir eu Ben à ses côtés. Soudain, elle comprit d'où venait son malaise. C'était sur Ben qu'elle s'était appuyée ! Sa générosité, sa serviabilité, son intelligence et, par-dessus tout, sa foi en elle avaient été les véritables artisans de son succès. Jeff en revanche n'avait cessé de lui mettre des bâtons dans les roues.

« Hé, Lisa ! hurla Sam. Ils viennent ces biscuits ? »

Le reste de l'après-midi fut si mouvementé que Lisa n'eut plus l'occasion de s'appesantir sur ses problèmes.

12

*V*ers six heures, tous les marins étaient rentrés au port. Après avoir nettoyé et rangé leur matériel, ils commencèrent à se rassembler dans le patio du pavillon du club. Fatigués, brunis par le chaud soleil de juin, ils se racontaient joyeusement leur journée.

L'équipe de Mme Woods avait installé sur la pelouse une douzaine de tables à tréteaux, recouvertes de pimpantes nappes à carreaux rouges et décorées de paniers d'osier remplis de marguerites. Des lanternes japonaises de toutes les couleurs étaient accrochées entre les arbres. Les tables du buffet disposées le long des courts de tennis étaient chargées d'une multitude de plateaux regorgeant de victuailles.

Lisa observa l'équipe de sa mère mettre la dernière main aux préparatifs. Elle se souvint avec un sentiment de honte de son embarras au sujet de la profession maternelle. Comment avait-elle pu devenir si prétentieuse, étroite d'esprit, injuste ? Elle secoua la tête, fâchée contre elle-même, et alla aussitôt rejoindre sa mère dans la cuisine.

« Oh chérie, quelle surprise ! » s'exclama Mme Woods, levant les yeux de la casserole fumante, pleine de sauce barbecue.

Une forte odeur sucrée de coulis de tomates et de viande fumée imprégnait l'atmosphère. La cuisine fourmillait d'auxiliaires qui travaillaient calmement, efficacement, et connaissaient exactement la tâche qui leur était assignée.

« Il paraît que ta démonstration a eu un succès fou.

— Oui, comme tu dis. Et sans Ben, ça aurait pu être encore plus fou ! Avec tous les voiliers dans la baie, il y a eu un terrible embouteillage. C'est un miracle qu'il n'y ait pas eu de collision. Mais enfin, les gosses se sont bien amusés ; tu aurais dû les voir, ils étaient si fiers ! » Elle regarda autour d'elle.

« Bon alors, où est mon tablier ? Je suis venue t'aider.

— Ton tablier ? Mais, chérie, tu n'as pas besoin de m'aider ce soir. Tu es fatiguée et tu as bien mérité ton repos. Nous sommes un peu sur les dents parce que Mike nous a fait faux bond mais...

— Non, maman, tu ne comprends pas. J'ai envie de t'aider, c'est tout. » Lisa passa affectueusement son bras autour des épaules de sa mère : « Je t'assure que c'est vrai ! »

Mme Woods posa sa cuillère et Lisa comprit que ça n'allait pas être si facile.

« Est-ce que tu t'es encore disputée avec Jeff ? » demanda-t-elle en plantant ses yeux gris dans les siens.

Lisa détourna la tête. Elle adorait sa mère, mais elle n'avait pas envie de lui faire part de ses sentiments à ce moment précis... peut-être plus tard, quand elle y verrait plus clair.

« Non, absolument pas. Mais je n'ai pas envie de passer ma soirée avec Jeff et sa bande, je préfère te donner un coup de main. Après le dîner j'irai remettre les diplômes aux enfants, et puis je reviendrai ici pour nettoyer.

— Bon, je ne refuse jamais une telle proposition ! s'exclama joyeusement Mme Woods en lui tendant un tablier à carreaux rouges. Bienvenue à bord ! Pour com-

137

mencer va porter ce saladier sur la grande table dehors. Ensuite tu demanderas à Mattie de te donner des instructions. »

Mattie finissait de dresser le buffet. Lisa fut saisie par sa beauté : elle avait un visage délicatement ciselé illuminé par de grands yeux bruns de velours, frangés de longs cils noirs. Sa chevelure d'ébène était nouée en queue de cheval par un foulard bleu. Sa chemise aigue-marine et son tablier à carreaux rouges et blancs faisaient ressortir le hâle de sa peau. « *C'est donc elle la petite amie de Ben,* pensa-t-elle avec une pointe de jalousie. *Il avait raison d'être fier, elle est superbe.* »

Mattie l'accueillit avec un large sourire qui fit apparaître deux adorables fossettes au coin de sa bouche.

« Quelque chose à faire ? dit-elle.

— Oh oui, ça ne manque pas ! Tu peux mettre le sel et le poivre sur les tables, puis demander à Hank une cruche de thé glacé, pour remplir les verres. Ensuite quand tout le monde sera arrivé, tu pourras servir les haricots. »

Lisa après avoir versé la dernière goutte de thé s'apprêtait à prendre son poste derrière l'énorme marmite quand Jeff la surprit.

« Hé ! qu'est-ce que tu fais ? demanda-t-il avec une moue de dégoût en tiraillant sur le nœud de son tablier. Tu n'es pas de corvée ce soir ! Tu vas t'amuser non ? »

Elle le jaugea d'un regard critique, en essayant de garder tout son sang-froid. Elle reconnaissait bien ce ton de commandement. Comment avait-elle été assez bête pour lui obéir pendant si longtemps ? Enfin, ce soir marquait un tournant dans sa vie. Elle savait très bien ce qui lui restait à faire.

« Désolée, Jeff, répondit-elle avec une assurance qui l'étonna elle-même. J'ai promis à maman de l'aider toute la soirée, va donc rejoindre tes copains ! »

Jeff posa la main sur son bras :

« Alors là, je n'y comprends rien, lâcha-t-il stupéfait, que se passe-t-il ?

— Rien du tout... je... j'ai simplement envie d'être avec maman. Nous... nous en reparlerons plus tard, d'accord ?

— Mais tu devais sortir avec moi ce soir », insista-t-il.

Lisa lui jeta un regard glacial.

« C'est vrai, mais j'ai changé d'avis.

— Bon, O.K., concéda-t-il, comme tu veux. Je t'appelle demain, d'accord ?

— Hé, Capitaine ! appela Mindy d'une voix enjouée. Viens vite si tu veux manger quelque chose ! »

Jeff alla aussitôt rejoindre ses amis.

A l'ouest sur la colline le soleil dardait ses rayons flamboyants à travers les cèdres, et la brise du soir apportait la fraîcheur douce et parfumée du lac. Les convives avaient mangé à satiété et l'heure était venue de rassembler tout le monde dans la salle de réunion pour annoncer le nom des vainqueurs du jour.

Lisa fit asseoir tous les « Têtards » au premier rang. Le président, debout, demanda le silence.

« La régate est bien partie, les amis, grâce à tous ceux qui ont travaillé d'arrache-pied ces dernières semaines. Il y aura d'autres courses demain, mais ce soir nous allons donner les scores et vérifier les noms de tous les vainqueurs pour éviter toute erreur. » Il baissa les yeux sur Pam et Sam qui gigotaient d'impatience à ses pieds. « Mais auparavant, j'aimerais vous présenter un groupe d'enfants, qui ont passé d'innombrables heures à apprendre les rudiments de la voile et qui, cet après-midi, nous ont donné une remarquable démonstration de leur talent. Je veux parler des "Têtards" !

— Allez, les gosses, à vous ! » chuchota Lisa.

Ils se levèrent bruyamment dans une grande bousculade, et le président lut à haute voix les noms de ceux qui avaient achevé la première série de leçons, et il leur offrit des diplômes portant leurs initiales. Lisa les embrassa un à un. Ça avait été une rude tâche, mais la fierté avec laquelle chacun recevait son brevet l'emplit de bonheur. C'est elle qui obtenait la plus belle récompense.

Les enfants retournèrent à leur place, mais le président pria Lisa de rester debout.

« Attendez une minute, Lisa. Je voudrais parler à tout le monde de votre programme, et de votre contribution. » Il expliqua en détail devant une Lisa rougissante tout ce qu'avait accompli la nouvelle monitrice. « Et maintenant, grâce à Lisa Woods, conclut-il, nous avons une équipe de Juniors d'un très haut niveau, et la possibilité d'enseigner ce sport à un plus grand nombre d'enfants, grâce à l'agrandissement du port. Lisa, nous sommes heureux de vous remettre ce diplôme. »

Le cœur battant, elle remercia la foule qui applaudissait. Elle aperçut alors Ben au fond de la salle, appuyé contre le mur, avec son vieux chapeau tout poussiéreux. Il croisa son regard et lui adressa un sourire ravi, en lui faisant un V de victoire. A côté Mattie levait vers lui des yeux admiratifs. Ils avaient tous les deux la même peau brune, les mêmes cheveux noirs ; ils étaient aussi séduisants l'un que l'autre. Un lien invisible les unissait.

Lisa fut prise d'un terrible remords. Allait-elle se laisser attribuer tous les lauriers alors que c'était grâce à Ben qu'elle avait renoué les liens avec les « Dauphins », avec Jeff, et réussi à mener son projet à bien.

« Merci », répondit-elle en s'adressant à l'assistance avec une assurance qui l'étonna elle-même. « Merci de votre soutien, merci à Monsieur le président de m'avoir confié cette mission, merci à Monsieur Conrad et à tous ceux qui ont bien voulu participer à notre programme. » Elle croisa les yeux de Ben, et détourna aussitôt la tête. « Mais la personne à qui les "Têtards" doivent le plus est Ben Holliday, qui, par ses idées brillantes et son aide concrète, a rendu la démonstration d'aujourd'hui possible. »

Ben remercia le public d'un geste amical et sourit malicieusement à Lisa.

Cette dernière retourna tristement à sa place. Elle avait refusé l'amour de Ben, ruiné la chance de vivre quelque chose d'unique avec lui. Comment avait-elle pu être aveugle au point de lui préférer Jeff, un gamin prétentieux qui ne lui arrivait pas à la cheville ?

Elle baissa la tête pour cacher les larmes qui lui brûlaient les yeux.

13

*A*près l'activité frénéti-
que des semaines précédentes, Lisa fut en
proie à une très grande lassitude. Pour se
donner le temps de respirer un peu, elle avait
fixé le début des leçons du prochain groupe à
la semaine suivante et c'étaient les vacances
pour tout le monde — même pour les
« Dauphins ».

Elle essaya de profiter de son repos pour
faire la grasse matinée, ranger sa chambre et
terminer des ouvrages qu'elle avait laissés en
plan tout l'été. Ainsi, elle eut enfin le temps
de coudre la chemisette et la jupe plissée
qu'elle avait coupées plusieurs mois auparavant.

Mais Lisa avait beau faire, rien ne la détendait. Au contraire, un rien l'agaçait. Elle errait d'une pièce à l'autre, morose.

Sa vie avait brusquement changé. Jeff avait été pendant longtemps au centre de ses pensées, même lors de leur séparation provisoire, et le quitter avait été une décision très pénible. Mais ce qui la déprimait n'était pas la perte de Jeff mais celle de Ben.

Le lendemain de la régate, Jeff téléphona pour lui rappeler qu'ils devaient visiter le Salon de la Navigation mais Lisa trouva un prétexte pour se décommander.

« Hé, je ne comprends plus ! s'exclama-t-il. Samedi soir, après la régate, tu étais un peu bizarre, mais j'ai mis ça sur le compte de la fatigue, de l'énervement, que se passe-t-il ?

— Il vaudrait mieux ne plus nous voir, Jeff, déclara-t-elle les larmes aux yeux. Je... j'ai besoin d'autre chose... de quelque chose que nous n'avons pas en commun... »

Il y eut un silence à l'autre bout du fil.

« Ta décision est prise ? demanda-t-il enfin.

— Absolument ! murmura-t-elle d'une voix triste.

— Bon, eh bien, je ne vais quand même pas me mettre à genoux devant toi, répliqua-t-il froidement. A un de ces quatre. »

Et voilà, Lisa avait tourné la page. « *Bizarre comme la chose que l'on désire le plus au monde peut se révéler être en fin de compte une erreur* », songea-t-elle en reposant le combiné.

Voyant son abattement, sa mère essaya de la dérider un peu.

« Ah, chérie, tu as été fantastique l'autre soir. Tu nous as donné un sacré coup de main ! s'exclama-t-elle en entrant dans la cuisine où Lisa était en train de se préparer quelques toasts en guise de déjeuner. Est-ce que ça t'a plu ?

— Oui... en fait, je ne l'aurais jamais imaginé, mais je me suis bien amusée.

— Alors, ça te dirait peut-être de nous aider pour le prochain pique-nique que l'on m'a commandé ? Ce sera sûrement agréable, une fête de famille au bord de la rivière. Mais ce n'est qu'une suggestion, chérie, je peux me débrouiller autrement ! Enfin, si ça t'intéresse, tu pourrais m'aider à tout mettre dans la camionnette et à décharger sur place. Après tu serais libre... »

Lisa beurra lentement son toast.

« Avec plaisir, maman, assura-t-elle. Je n'ai aucun rendez-vous ce week-end, et de toute façon j'ai besoin d'un peu de changement. Je me rends compte que j'ai passé presque tout mon temps au club depuis notre arrivée ici. Alors ça me ferait du bien de découvrir un peu le pays et les gens... je n'ai aucun ami en dehors des "Dauphins". Elle esquissa un sourire. « J'ai l'impression que l'on m'a déjà dit ça... »

Mme Woods approuva de la tête.

« Tu as de la mémoire, répondit-elle en riant. Mais, maintenant que la frénésie de la régate est passée, tu vas avoir le temps de découvrir d'autres activités. Et puis dans quelques jours seulement tu retrouveras les "Têtards". Tu pourras essayer d'intéresser d'autres personnes à tes projets, et te faire de nouveaux amis.

— Certainement ! » s'exclama Lisa en essayant de partager l'enthousiasme de sa mère.

Mais les choses étaient souvent plus faciles à dire qu'à faire. Comment allait-elle s'y prendre concrètement ?

Le samedi après-midi, elle aida sa mère à charger la camionnette. Elles travaillèrent pendant deux heures avec une efficacité extraordinaire. Lisa découvrit avec joie qu'elles formaient une excellente équipe.

« Voilà, c'est terminé ! déclara Mme Woods en posant la dernière boîte. Pourrais-tu conduire la camionnette jusqu'à l'endroit du pique-nique. Je te rejoins dans quelques minutes. Toute l'équipe nous attend déjà, Mattie est là pour tout superviser. Fais bien attention, il y aura des panneaux le long de la route. »

Le pique-nique avait lieu à l'orée du bois, en bordure de la rivière. Lisa suivit bien exactement les flèches qui indiquaient le chemin à suivre. Soudain elle aperçut une foule d'enfants et d'adultes assemblés le long des berges verdoyantes de la rivière. Ils étaient en train de jouer au badminton ou au frisbee. Quelques-uns avaient même choisi de pêcher.

Mattie vint à sa rencontre.

« Hé, salut ! J'avais peur que tu te sois perdue ! » s'exclama-t-elle en aidant Lisa à ouvrir les portières de la camionnette.

Elles déchargèrent les nombreux récipients, caisses et cartons et les portèrent vers les tables qui avaient été dressées pour le buffet.

« En tout cas je ne sais pas si j'aurais trouvé sans tes flèches, répondit Lisa.

— C'est Ben que tu dois remercier, c'est lui qui les a posées. D'ailleurs, ça fait un bon moment qu'il te cherche.

— Moi ? » Lisa sentit son cœur s'accélérer. « Il est ici ?

— Oui, c'est lui qui m'a emmenée. Mais entre nous, je crois que ce n'était qu'un prétexte pour te voir, ajouta-t-elle avec un sourire malicieux.

— Ah bon », murmura Lisa confondue. Pourquoi Mattie lui racontait-elle une chose pareille ? « Où est-il ? »

Mattie désigna la rivière.

« Je l'ai vu partir par là-bas avec son chien et son matériel de pêche. Je demanderai à d'autres de m'aider à décharger le reste. Va vite le retrouver. »

De plus en plus troublée, Lisa obéit. Elle se dirigea vers la rivière un peu comme un automate. Quelques minutes plus tard, elle aperçut Ben accroupi au bord de l'eau, absorbé par le bouchon de sa canne à pêche.

Elle s'approcha de lui, tremblante.

« Est-ce que je peux rester près de toi une petite seconde ? » demanda-t-elle timidement.

Ben pivota sur lui-même. Un large sourire illumina son visage.

« Oh, Lisa ! Ça me fait plaisir de te voir ! s'exclama-t-il joyeusement. Quand j'ai appris que tu venais... »

Elle balaya du pied les feuilles et les branchages qui jonchaient le sol et s'assit.

« Oui, j'ai aidé maman à charger la camionnette et j'ai suivi tes panneaux. Bravo, ils étaient de première classe !

— Merci, j'ai fait de mon mieux. » Il lui jeta un coup d'œil en biais. « Comment ça marche de ton côté ?

— Ça va », murmura Lisa.

Allait-elle lui annoncer sa rupture avec Jeff ?

« Alors, il paraît que Jeff et toi c'est fini ? » demanda-t-il comme s'il avait lu ses pensées.

Il enroula sa ligne avec son moulinet et la relança d'un mouvement sec dans l'eau.

Lisa regarda la surface paisible de la rivière se rider en cercles concentriques à l'endroit où le bouchon avait disparu.

« Oui, c'est vrai. J'ai décidé de... de prendre un peu de recul.

— Es-tu triste ?

— Non — Mais je... » Elle n'arrivait pas à exprimer le grand vide qu'elle avait ressenti à l'idée de perdre Ben. « J'ai mis tous mes œufs dans le même panier, déclara-t-elle en évitant son regard, et maintenant je dois trouver d'autres amis, d'autres centres d'intérêt, d'autres activités. »

Ben bondit sur ses pieds.

« D'autres activités, hein ? Voilà une introduction parfaite ! » Il rassembla ses affaires et siffla « Chien » qui jaillit des fourrés quelques secondes plus tard. « Allez, on y va ! »

Lisa éclata de rire. Pourquoi Ben était-il toujours si impulsif ?

« On va où ?

— Trouver d'autres centres d'intérêt », annonça-t-il d'un air mystérieux en la prenant par la main.

Ils coururent jusqu'à l'aire de pique-nique où Mattie et Mme Woods étaient en grande conversation.

« Mme Woods, si vous n'avez plus besoin de Lisa, je voudrais la kidnapper pour une heure ou deux, c'est O.K. ?

— Bien sûr, merci de ton aide, chérie. Tu es libre si tu veux. »

Mattie se tourna vers Ben.

« Dis à maman que Karen me raccompagne, je rentrerai tard.

— D'ac, petite sœur. »

Le cœur de Lisa s'arrêta de battre.

Petite sœur ? Voilà donc pourquoi ils semblaient si proches l'un de l'autre ! En montant dans la camionnette, elle lança avec le plus de détachement possible :

« Je ne savais pas que vous étiez frère et sœur.

— Pourtant on a dû le dire vingt fois ! s'étonna-t-il en mettant le moteur en marche. Que croyais-tu ? »

Lisa tourna la tête vers la vitre.

« Heu... Je... je croyais que c'était ta petite amie », avoua-t-elle.

Ben se renversa en arrière et éclata de rire.

« Excuse-moi, articula-t-il finalement, mais c'est un compliment ! Mattie est si jolie, je suis fier que tu aies cru que je lui plaisais. »

Ils poursuivirent leur route en silence, à travers de sinueux sentiers gravelés, bordés de genévriers et de chênes. C'était toute une région que Lisa découvrait. Le chemin débouchait sur une clairière où se dressaient d'un côté un charmant ranch aux murs blancs et de l'autre, un groupe de granges et de corrals.

Ben arrêta la camionnette.

« Comment s'appelle cet endroit ? demanda Lisa fascinée.

— C'est chez moi », répondit-il avec un sourire. Il vint ouvrir la portière de son côté. « Quand je ne suis pas dans la caravane au club, j'habite ici. Viens, je vais te présenter ma mère. »

La mère de Ben était une femme menue avec de grands yeux foncés et une chevelure qui rappelait exactement celle de Mattie.

« Je suis heureuse de faire votre connaissance, dit Lisa avec chaleur. Ben a été si extraordinaire avec les "Têtards" cet été ; quant à Mattie, maman ne peut plus s'en passer. »

Mme Holliday sourit et lui serra la main.

« Nous avons beaucoup entendu parler de vous, répondit-elle. Ben a été très emballé par tout ce que vous avez fait. »

Ben prit Lisa par le bras.

« On revient dans un petit moment, maman, déclara-t-il. Allez, viens, Lisa, j'ai quelque chose à te montrer. »

Il la conduisit vers un petit corral. Il siffla et une petite jument alezane vint trotter dans sa direction, et fourrer sa tête sous son bras.

« Reno, dis bonjour à Lisa. Aimerais-tu la monter ?

— Vraiment ? s'écria Lisa ravie, mais je n'ai jamais fait de cheval de ma vie ! »

Ben secoua la tête d'un air faussement embêté.

« Ah ! ne te l'ai-je pas déjà dit ? Tu as raté pratiquement toutes les meilleures choses de la vie. Bon, alors ne perdons plus de temps. En route ! »

Fascinée, Lisa observa Ben seller d'une main preste Reno et Sidewinter, son propre cheval, un étalon gris plein de fougue. Quelques minutes plus tard, ils escaladaient un petit sentier escarpé, jonché de pierres, qui coupait à travers un bois sauvage. Tout au début, Lisa n'était pas très à l'aise sur sa monture mais grâce à la douceur de Reno, elle se détendit rapidement et put admirer la beauté du paysage. Ils débouchèrent soudain en pleine lumière au sommet de la colline inondée par la boule de feu du soleil qui se couchait dans une symphonie de rose, de pourpre et de mauve. Ses rayons tièdes drapaient le paysage d'un voile d'or et de soie.

« Oh, Ben ! C'est merveilleux ! » souffla Lisa saisie par la féerie des lieux.

Il sauta à bas de sa monture, et prit les rênes de la jument pour l'aider à descendre.

« C'est l'endroit que je préfère au monde », confia-t-il.

Il lâcha les rênes et les deux chevaux se mirent à brouter l'herbe grasse.

« Ne vont-ils pas s'enfuir ? » s'inquiéta Lisa.

Ben éclata de rire.

« Non ! Tu sais, un cheval n'est pas comme un bateau. Pas besoin de l'attacher. Il sait très bien qu'il n'a pas le droit de partir. Viens voir par là. »

Il lui prit la main et la conduisit vers un affleurement de granite rose et lisse, ressemblant à un trône géant. La pierre était mouchetée de minuscules écailles de mica argenté qui scintillaient à la lumière du soleil couchant.

« J'ai toujours aimé venir ici, murmura-t-il d'une voix douce, en caressant du regard l'horizon sur lequel ondulaient les collines.

Mais je n'ai jamais partagé ce bonheur avec personne. »

Il se tourna vers Lisa, la lumière chaleureuse et tendre de ses yeux la fit frissonner.

« Merci », souffla-t-elle. Son cœur battait la chamade. « Merci de m'avoir emmenée ici. »

Ben l'enlaça et l'attira tout près de lui.

« Tu sais, je ne t'ai pas embrassée depuis la soirée du rodéo, chuchota-t-il dans son oreille. Et je ne cesse de me demander comment ce serait si je recommençais. »

Lisa leva lentement la main vers le visage hâlé de Ben, et du bout des doigts elle dessina le contour de sa bouche.

« Essayons », murmura-t-elle dans un souffle.

Les lèvres de Ben rencontrèrent les siennes. C'était le baiser dont elle avait rêvé toute sa vie, un baiser parfait, plein de chaleur, de douceur et d'amour. Lisa sut alors que toutes ses décisions avaient été les bonnes.

 **Sweet Dreams**

Enfin des livres où les pages
vous prennent dans leurs bras.

*La série SWEET DREAMS : une série avec pour toile
de fond la musique, les rencontres, les vacances, le
flirt...*
Découvrez-la.

126 UN CLIP GÉNIAL   Shannon BLAIR

« Les filles, vous allez tourner dans le nouveau vidéo-
clip de... » M. Haines marqua une pause pour
ménager son effet... « Michael Jackson ! » Incroyable !
Inouï ! Travailler avec la plus grande star ! Carrie faillit
s'évanouir. C'était comme si la terre s'ouvrait sous ses
pieds... Et aussitôt une angoisse la saisit. Comment
elle, si timide, pourrait-elle vaincre son trac devant les
caméras ?... Serait-elle à la hauteur de son rôle ?...

127 TOURNONS LA PAGE   Anne PARK

« Je te demande pardon, Lisa, murmura-t-il.
– C'était sans doute inévitable », répliquai-je en
affectant la bonne humeur, alors que mes yeux étaient
baignés de larmes.
Kevin essaya de me prendre la main. Presque
malgré moi je me dérobai.
« Lisa, j'ai passé un été merveilleux avec toi mais... »
Il hésita. « Il faut tourner la page, tu comprends ? »
Tout devenait clair en effet, je n'avais été qu'une
remplaçante pour les vacances, et j'avais repoussé le
seul garçon qui m'aimait vraiment. Ah Phil, pourquoi
ne t'ai-je pas écouté ?...

103 N'OUBLIE PAS QUE JE T'AIME   Barbara CONKLIN

En arrivant à Palm-Springs, Paul m'entraîna dans la première boutique de souvenirs.

"Choisis!" me lança-t-il.

Je regardais, indécise... Mon embarras l'amusait.

Alors il me tendit un autocollant avec ces mots : "N'OUBLIE PAS QUE JE T'AIME, PALM-SPRINGS"!

Je souriais, pas vraiment à l'aise... Je savais que lundi il entrait à l'hôpital.

128 COMME TU AS CHANGÉ!   Jill JARNOW

«Tu sais encore qui doit venir? demanda Meryl.

– Je connais un garçon, avouai-je, un certain Keith. Je l'ai rencontré il y a deux ans.

– À quoi ressemblait-il?

– Une vraie mocheté! Et le comble c'est qu'il était amoureux de moi!..»

À cet instant, je sentis une main sur mon épaule. Je sursautai.

«Salut, Samantha, tu te souviens de moi?

– Euh, oui, bien sûr, fis-je sans conviction, salut... Keith!»

En face de moi se tenait non plus le petit boutonneux d'autrefois mais un garçon grand et mince, aux cheveux blonds. *Ça, c'est la plus belle gaffe de l'année,* pensai-je en rougissant!..

121 SI J'AVAIS SU...   Jeanne ANDREWS

« Greg! Toi ici!

– Je te rappelle que nous avons rendez-vous. Tu ferais mieux de te grouiller, on va être en retard.

– Tu n'es pas obligé de m'emmener danser ce soir. Tu seras avec "ta chère Sarah". Je risque de vous déranger.

– Sarah? Qu'est-ce que tu racontes? Je ne vais quand même pas danser avec ma sœur!... ».

122 ATTENTION À MES FRÈRES!   Jaye ELLEN

Jack se rapprocha de moi et me prit la main. J'essayai de me concentrer sur le film; c'était la scène la plus attendue, la fameuse scène d'amour dont tout le monde parlait.

Jack m'enlaça, se pencha sur moi, je n'osai plus respirer... Soudain une tête s'interposa entre nous et hurla : « STOP ! »

Jack fit un bond d'un mètre. « Mais, Charline, qu'est-ce que... ? » souffla-t-il.

Saisie, je me retournai : j'étais nez à nez avec Adam. « Heu... excuse-moi, Jack, j'ai oublié de te prévenir. C'est mon frère aîné... il me suit partout... »

Je me serais cachée sous terre !

124 TU ME CONNAIS MAL   Marian WOODRUFF

« Chère demoiselle, vos désirs sont des ordres... »
Mike aborda Alicia au moment où elle sortait du cours de maths.

Il la dominait, le regard amusé.

Pourvu qu'il ne devine pas combien il l'attirait !

« Alors, Alicia, se moqua-t-il, je te rappelle que je suis ton chevalier servant jusqu'au bal de samedi, et j'attends encore les épreuves que tu dois me faire passer.

— Eu... oui, Mike, fit-elle en rougissant, tu vas voir, je t'ai réservé quelque chose de... spécial ! »

Mike l'avait toujours considérée comme « la bonne élève, sérieuse et tout... », mais Alicia était décidée à lui prouver qu'il la connaissait bien mal...

129 LA VIE
C'EST AUTRE CHOSE   Janet QUIN-HARKIN

Dennis prit maman par la taille. Il s'efforçait de sourire mais son visage était grave.

« Tiffany, lança-t-il enfin, j'ai demandé à ta mère de m'épouser. »

Un instant je crus rêver. Mon regard alla de l'un à l'autre.

« C'est... c'est vrai, maman ? fis-je d'une voix sèche.

— Oui, ma chérie, et j'ai accepté, n'est-ce pas merveilleux ? »

Étranglée de sanglots, incapable de me contrôler, je m'enfuis dans ma chambre.

Pourquoi la vie était-elle si différente de ce que j'espérais, pourquoi ?...

Entre Rob et moi, il n'y avait pas de problème sur le plan travail. La B.D. que nous devions réaliser pour le cours de dessin avançait rapidement. Mais je tenais à lui faire comprendre que je n'accepterais aucune familiarité.

«Ecoute, Rob, nous travaillons ensemble et rien de plus. Si tu veux continuer, n'essaye pas de profiter de la situation, O.K. ?

– Bien sûr Betsy!» fit-il avec son large sourire.

J'avais beau mettre des barrières entre nous, je ne voulais pas m'avouer que Rob était déjà plus pour moi qu'un simple collaborateur. Pourrait-il oublier cet avertissement et passer outre le moment venu?

105 COVER GIRL   Yvonne GREENE

« La directrice de *Photo Star* croit que tu peux avoir un grand avenir de mannequin.

– *Photo Star!* Mais c'est l'une des plus importantes agences de New York... Oh! Maman, je ne sais quoi dire, c'est tellement inespéré... »

Soudain, je songeai à Greg et à notre rendez-vous. Qu'allait-il penser de ma nouvelle « profession », lui qui déteste la mode et le maquillage?

118 UNE FILLE PAS COMME LES AUTRES Anne PARK

En entrant dans le studio, je ne pensais plus qu'à Dennis qui devait être là, perdu dans le public.
Je voulais jouer uniquement pour lui...
Lorsque j'attaquai ma partition, l'archet vola sur les cordes et les notes ruisselèrent comme un torrent.
Je croyais rêver.
Un silence impressionnant marqua la fin de mon solo.
J'avais le cœur serré.
Mr Greeley, le chef, souriait.
« Eh bien, mademoiselle Ashton, dit-il, je vous engage immédiatement comme premier violon de l'orchestre! »

131 UN BONHEUR MENACÉ   Stephanie FOSTER

« C'est ridicule ! protesta papa. Nous avons neuf
pièces, c'est beaucoup trop ! Passez la nuit ici et,
demain matin, je vous accompagne à l'agence de
location. Ils vous rembourseront et vous trouveront
autre chose.
– Mais…
– Il n'y a pas de mais ! Vous restez : un point c'est
tout !

132 TU M'APPRENDRAS   Rosemary VERNON

Au son d'une musique douce, Henry m'entraîna parmi
les danseurs. J'étais sur la défensive car je m'attendais
à l'une des phrases bêtes et méchantes dont il avait le
secret, mais il m'enlaça simplement et je restai sans
voix.
« Tu danses bien », dit-il.
Je le regardai à la dérobée. Il n'y avait aucune trace
d'ironie dans ses paroles. Il resserra son bras autour de
ma taille et se mit à fredonner la mélodie à mon
oreille.
Je frissonnai soudain : comment Henry pouvait-il me
rendre si heureuse ?

115 LES COPAINS DE L'ÉTÉ   Janet QUIN-HARKIN

« Voyons, Jill ! Si on trouve du travail cet été, on ne
va pas continuer à sortir avec les gamins du collège.
– Que veux-tu dire ?…
– Eh bien, je te parie que je décroche cinq *vrais*
rendez-vous avant le mois de septembre.
– Cinq ! Pourquoi pas dix ! Et avec ton charme
peut-être ? Tina, tu plaisantes !
– D'accord, puisque c'est comme ça, j'aurai mes dix
rendez-vous, et avec des garçons intéressants. Tu vas
voir ! »

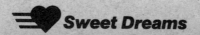

Sweet Dreams

IMPRIMÉ EN FRANCE PAR BRODARD ET TAUPIN
Usine de La Flèche, 72200.
Loi n° 49-956 du 16 juillet 1949 sur les publications destinées à la jeunesse.
Dépôt : août 1987.